Oscar Wilde

The Happy Prince
and Other Tales

Le Prince Heureux
et autres contes

Traduit de l'anglais et annoté
par François Dupuigrenet-Desroussilles

Gallimard

To Carlos Blacker

À Carlos Blacker[1]

---

1. Carlos Blacker (1859-1928) était un Anglais excentrique que
Wilde avait connu à Paris; il y passa une grande partie de sa vie,
apprenant une langue nouvelle tous les deux ans et même, pour
finir, l'hébreu afin de pouvoir converser avec Dieu au Paradis...

The Happy Prince
Le Prince Heureux

High above the city, on a tall column, stood the statue of the Happy Prince. He was gilded all over with thin leaves of fine gold, for eyes he had two bright sapphires, and a large red ruby glowed on his sword-hilt.

He was very much admired indeed. 'He is as beautiful as a weathercock,' remarked one of the Town Councillors who wished to gain a reputation for having artistic tastes; 'only not quite so useful,' he added, fearing lest people should think him unpractical, which he really was not.

'Why can't you be like the Happy Prince?' asked a sensible mother of her little boy who was crying for the moon. 'The Happy Prince never dreams of crying for anything.'

'I am glad there is some one in the world who is quite happy,' muttered a disappointed man as he gazed at the wonderful statue.

'He looks just like an angel,' said the Charity Children as they came out of the cathedral

Au sommet d'une haute colonne, dominant la ville, se dressait la statue du Prince Heureux. Tout entier recouvert de minces feuilles d'or fin, il avait deux brillants saphirs en guise d'yeux, et à la poignée de son épée brillait un gros rubis rouge.

L'admiration qu'on lui portait était générale. « Il est beau comme un coq de girouette », fit remarquer l'un des échevins, qui souhaitait se faire une réputation d'amateur d'art, « quoique de moindre utilité », ajouta-t-il, car il craignait, bien à tort, qu'on l'accusât de manquer d'esprit positif.

« Pourquoi ne peux-tu faire comme le Prince Heureux ? demanda une maman à son petit garçon qui pleurait pour voir la lune. Jamais il ne songerait à pleurer pour obtenir quoi que ce soit. »

« Je suis content qu'existe au monde un être vraiment heureux », bredouilla un déçu en contemplant la merveilleuse statue.

« Il a tout l'air d'un ange, dirent les enfants de l'Assistance comme ils sortaient de la cathédrale,

in their bright scarlet cloaks, and their clean white
pinafores.

'How do you know?' said the Mathematical
Master, 'you have never seen one.'

'Ah! but we have, in our dreams,' answered the
children; and the Mathematical Master frowned
and looked very severe, for he did not approve of
children dreaming.

One night there flew over the city a little Swallow. His friends had gone away to Egypt six weeks
before, but he had stayed behind, for he was in love
with the most beautiful Reed. He had met her early
in the spring as he was flying down the river after a
big yellow moth, and had been so attracted by her
slender waist that he had stopped to talk to her.

'Shall I love you?' said the Swallow, who liked to
come to the point at once, and the Reed made him
a low bow. So he flew round and round her, touch-
ing the water with his wings, and making silver rip-
ples. This was his courtship, and it lasted all
through the summer.

'It is a ridiculous attachment,' twittered the
other Swallows, 'she has no money, and far too
many relations;' and indeed the river was quite full
of Reeds. Then, when the autumn came, they all
flew away.

vêtus d'éclatants manteaux écarlates et de tabliers blancs tout propres.

— Comment le savez-vous ? dit le maître de mathématiques, vous n'en avez jamais vu.

— Ah, mais si ! dans nos rêves », répondirent les enfants. Le maître de mathématiques fronça le sourcil et prit un air sévère, car il n'approuvait pas que les enfants rêvassent.

Un soir, il advint qu'un petit martinet vola par-dessus la ville[1]. Ses amis étaient partis pour l'Égypte six semaines plus tôt, mais il s'était attardé par amour pour une très belle plante de la famille des Roseaux. Il l'avait rencontrée au printemps, alors qu'il descendait la rivière à la poursuite d'un gros papillon jaune, et avait été si séduit par la sveltesse de sa taille qu'il s'était arrêté pour lui parler.

« Vous aimerai-je ? » avait dit le Martinet qui aimait à jouer franc jeu, et la Plante s'était inclinée très bas. Alors il s'était mis à voleter tout autour d'elle, effleurant de ses ailes l'eau qu'il couvrait de ridules argentées. C'est ainsi qu'il lui fit sa cour, et celle-ci dura tout l'été.

« Que voilà un attachement ridicule ! gazouillaient les autres martinets ; elle n'a pas le sou, puis sa famille est trop nombreuse » ; et, en vérité, la rivière regorgeait de Roseaux. L'automne venu, tous les martinets s'en étaient allés.

---

1. Pour préserver le genre des personnages animaliers de Wilde, on a traduit *Swallow* par « martinet » ; il s'agit en réalité d'une hirondelle mâle.

After they had gone he felt lonely, and began to tire of his lady-love. 'She has no conversation,' he said, 'and I am afraid that she is a coquette, for she is always flirting with the wind.' And certainly, whenever the wind blew, the Reed made the most graceful curtsies. 'I admit that she is domestic,' he continued, 'but I love travelling, and my wife, consequently, should love travelling also.'

'Will you come away with me?' he said finally to her; but the Reed shook her head, she was so attached to her home.

'You have been trifling with me,' he cried, 'I am off to the Pyramids. Good-bye!' and he flew away.

All day long he flew, and at night-time he arrived at the city. 'Where shall I put up?' he said; 'I hope the town has made preparations.'

Then he saw the statue on the tall column. 'I will put up there,' he cried; 'it is a fine position with plenty of fresh air.' So he alighted just between the feet of the Happy Prince.

'I have a golden bedroom,' he said softly to himself as he looked round, and he prepared to go to sleep; but just as he was putting his head under his wing a large drop of water fell on him. 'What a curious thing!' he cried, 'there is not a single cloud in the sky, the stars are quite clear and bright, and yet it is raining.

Après leur départ, se sentant seul, il avait commencé à se lasser de sa dame. « Elle n'a pas de conversation, et je crains que ce ne soit une coquette car elle ne cesse de minauder avec le vent. » De fait, chaque fois que le vent soufflait, la Plante se répandait en révérences des plus gracieuses. « Sans doute est-elle fort attachée à son intérieur, poursui-vit-il, mais comme j'aime à voyager, ma femme se devra d'aimer les voyages. »

« M'accompagnerez-vous? » lui demanda-t-il enfin, mais elle fit non de la tête : elle était trop attachée à sa demeure.

« Vous vous êtes jouée de moi, s'écria-t-il. Je pars pour les Pyramides. À vous revoir! » et il s'envola.

Tout le jour il vola, et le soir il parvint à la ville. « Où m'installer? dit-il. J'espère que la municipa-lité aura fait des préparatifs. »

C'est alors qu'il aperçut la statue, tout en haut de la colonne. « Je vais m'installer là-haut, s'écria-t-il. La situation est excellente, et l'air frais ne manque pas. » Il alla donc se percher entre les pieds du Prince Heureux.

« J'ai une chambre en or », murmura-t-il en regardant tout alentour. Il se préparait à s'endor-mir quand, à l'instant précis où il allait abriter la tête sous son aile, une grosse goutte d'eau lui tomba dessus. « Comme c'est bizarre! s'écria-t-il. Pas un nuage au ciel, les étoiles brillent de tout leur éclat, et voilà qu'il pleut.

The climate in the north of Europe is really dreadful. The Reed used to like the rain, but that was merely her selfishness.'

Then another drop fell.

'What is the use of a statue if it cannot keep the rain off?' he said; 'I must look for a good chimney-pot,' and he determined to fly away.

But before he had opened his wings, a third drop fell, and he looked up, and saw — Ah! what did he see?

The eyes of the Happy Prince were filled with tears, and tears were running down his golden cheeks. His face was so beautiful in the moonlight that the little Swallow was filled with pity.

'Who are you?' he said.

'I am the Happy Prince.'

'Why are you weeping then?' asked the Swallow; 'you have quite drenched me.'

'When I was alive and had a human heart,' answered the statue, 'I did not know what tears were, for I lived in the Palace of Sans-Souci where sorrow is not allowed to enter. In the daytime I played with my companions in the garden, and in the evening I led the dance in the Great Hall. Round the garden ran a very lofty wall, but I never cared to ask what lay beyond it, everything about me was so beautiful.

Décidément, il fait bien mauvais dans le nord de l'Europe. Mlle Roseau aimait la pluie, mais par pur égoïsme. »

Une deuxième goutte tomba.

« À quoi sert donc une statue si elle ne protège pas de la pluie ? Je m'en vais chercher quelque bonne cheminée », et il résolut de prendre son envol.

Mais avant qu'il ait déployé ses ailes, une troisième goutte tomba. Il leva les yeux et découvrit... Ah ! Que découvrit-il donc ?

Les yeux du Prince Heureux étaient emplis de larmes, et des larmes coulaient le long de ses joues d'or. Sous la lumière de la lune, son visage était si beau que le petit Martinet se sentit envahi de pitié.

« Qui êtes-vous ? demanda-t-il.

— Je suis le Prince Heureux.

— Alors pourquoi pleurez-vous ? demanda le Martinet. Vous m'avez complètement trempé.

— Lorsque j'étais en vie et que je possédais un cœur d'homme, répondit la statue, j'ignorais ce que c'était que les larmes car je vivais au palais de Sans-Souci[1], où le chagrin n'a pas le droit de pénétrer. Pendant le jour je jouais dans le jardin avec mes compagnons, le soir je menais le bal dans le Grand Salon. Le jardin était ceint d'un mur fort imposant, mais jamais je ne me souciai de demander ce qui se trouvait derrière. Tout était si beau autour de moi !

---

1. Sans-Souci est le nom donné par Frédéric II (1712-1786) au château qu'il fit construire près de Potsdam et qui imite Versailles dans le style rococo.

My courtiers called me the Happy Prince, and happy indeed I was, if pleasure be happiness. So I lived, and so I died. And now that I am dead they have set me up here so high that I can see all the ugliness and all the misery of my city, and though my heart is made of lead yet I cannot choose but weep.'

'What, is he not solid gold?' said the Swallow to himself. He was too polite to make any personal remarks out loud.

'Far away,' continued the statue in a low musical voice, 'far away in a little street there is a poor house. One of the windows is open, and through it I can see a woman seated at a table. Her face is thin and worn, and she has coarse, red hands, all pricked by the needle, for she is a seamstress. She is embroidering passion-flowers on a satin gown for the loveliest of the Queen's maids-of-honour to wear at the next Court-ball. In a bed in the corner of the room her little boy is lying ill. He has a fever, and is asking for oranges. His mother has nothing to give him but river water, so he is crying. Swallow, Swallow, little Swallow, will you not bring her the ruby out of my sword-hilt? My feet are fastened to this pedestal and I cannot move.'

'I am waited for in Egypt,' said the Swallow. 'My friends are flying up and down the Nile, and talking to the large lotus-flowers. Soon they will go to sleep in the tomb of the great King.

Mes courtisans m'appelaient le Prince Heureux, et si le bonheur n'est rien d'autre que le plaisir, oui, j'étais heureux. Ainsi je vécus, ainsi je mourus. Et maintenant que je suis mort, on m'a installé ici, tellement haut que je peux voir toute la laideur et toute la misère de ma ville. Mon cœur a beau être fait de plomb, comment ne pleurerais-je ? »

« Quoi ! il n'est pas en or massif ? » se dit le Martinet à part lui. Sa politesse l'empêchait d'exprimer à haute voix des remarques personnelles.

« Là-bas, poursuivit la statue d'une voix basse et musicale, là-bas dans une petite rue, il est une pauvre maison. Une des fenêtres est ouverte, et à travers elle je distingue une femme, assise à une table. Son visage est mince et las, et ses mains sont rugueuses et rouges, toutes piquetées par l'aiguille, car elle est couturière. Elle brode des passiflores sur une robe de satin que la plus jolie des demoiselles d'honneur de la Reine portera lors du prochain bal de la Cour. Sur un lit, dans un coin de la pièce, gît son petit garçon qui est malade. Il a la fièvre et demande des oranges. Comme sa mère n'a rien à lui donner que de l'eau de rivière, il pleure. Martinet, martinet, petit martinet, ne veux-tu pas lui porter le rubis de la poignée de mon épée ? Mes pieds sont attachés à ce piédestal, et je ne peux bouger.

— On m'attend en Égypte, dit le Martinet. Mes amis volent en tous sens au-dessus du Nil, et parlent aux grandes fleurs de lotus. Bientôt ils s'en iront dormir dans le tombeau du Grand Roi.

The King is there himself in his painted coffin. He is wrapped in yellow linen, and embalmed with spices. Round his neck is a chain of pale green jade, and his hands are like withered leaves.'

'Swallow, Swallow, little Swallow,' said the Prince, 'will you not stay with me for one night, and be my messenger? The boy is so thirsty, and the mother so sad.'

'I don't think I like boys,' answered the Swallow. 'Last summer, when I was staying on the river, there were two rude boys, the miller's sons, who were always throwing stones at me. They never hit me, of course; we swallows fly far too well for that, and besides, I come of a family famous for its agility; but still, it was a mark of disrespect.'

But the Happy Prince looked so sad that the little Swallow was sorry. 'It is very cold here,' he said; 'but I will stay with you for one night, and be your messenger.'

'Thank you, little Swallow,' said the Prince.

So the Swallow picked out the great ruby from the Prince's sword, and flew away with it in his beak over the roofs of the town.

He passed by the cathedral tower, where the white marble angels were sculptured. He passed by the palace and heard the sound of dancing. A beautiful girl came out on the balcony with her lover. 'How wonderful the stars are,'

Le Roi est là, en personne, dans son cercueil bariolé. On l'a emmailloté de lin jaune et embaumé avec des épices. Autour de son cou, il y a une chaîne de jade vert pâle. Ses mains semblent des feuilles fanées.

— Martinet, martinet, petit martinet, dit le Prince, ne veux-tu pas rester une seule nuit auprès de moi, et me servir de messager ? Le garçon a tellement soif, et sa mère est si triste.

— Je ne crois pas avoir de penchant pour les garçons, répondit le Martinet. L'été dernier, lorsque j'étais installé sur la rivière, deux garçons mal élevés — les fils du meunier — ne cessaient de me jeter des pierres. Jamais ils ne m'ont touché, bien sûr ; nous autres martinets sommes d'habiles voltigeurs, et je viens d'une famille célèbre pour son agilité ; ce n'en était pas moins une marque d'irrespect. »

Mais le Prince Heureux avait l'air si triste que le petit Martinet se sentit affligé. « Il fait bien froid ici, répondit-il, mais je resterai auprès de vous une seule nuit, et je vous servirai de messager.

— Merci, petit martinet », dit le Prince.

Et le Martinet picota l'épée du Prince pour en dégager le gros rubis qu'il prit dans son bec avant de s'envoler par-dessus les toits de la ville.

Il passa devant la tour de la cathédrale, où étaient sculptés les anges de marbre blanc. Il passa devant le palais et entendit la rumeur de la danse. Une belle jeune fille sortit sur le balcon avec son amoureux. « Comme les étoiles sont merveilleuses,

he said to her, 'and how wonderful is the power of love!' 'I hope my dress will be ready in time for the State-ball,' she answered; 'I have ordered passion-flowers to be embroidered on it; but the seamstresses are so lazy.'

He passed over the river, and saw the lanterns hanging to the masts of the ships. He passed over the Ghetto, and saw the old Jews bargaining with each other, and weighing out money in copper scales. At last he came to the poor house and looked in. The boy was tossing feverishly on his bed, and the mother had fallen asleep, she was so tired. In he hopped, and laid the great ruby on the table beside the woman's thimble. Then he flew gently round the bed, fanning the boy's forehead with his wings. 'How cool I feel,' said the boy, 'I must be getting better;' and he sank into a delicious slumber.

Then the Swallow flew back to the Happy Prince, and told him what he had done. 'It is curious,' he remarked, 'but I feel quite warm now, although it is so cold.'

'That is because you have done a good action,' said the Prince. And the little Swallow began to think, and then he fell asleep. Thinking always made him sleepy.

When day broke he flew down to the river and had a bath.

lui disait-il, et comme est merveilleux le pouvoir de l'amour ! — J'espère que ma robe sera prête à temps pour le bal de la Cour, répondit-elle, j'ai commandé d'y faire broder des passiflores, mais les couturières sont tellement paresseuses... »

Il passa au-dessus de la rivière, et il vit les lanternes accrochées aux mâts des navires. Il passa au-dessus du Ghetto, et il vit les vieux juifs qui marchandaient entre eux et pesaient de l'argent dans des balances de cuivre. Pour finir, il parvint à la pauvre maison et regarda à l'intérieur. Le garçon se retournait fiévreusement sur son lit ; la mère s'était endormie tant elle était fatiguée. Il sauta dans la pièce et déposa le gros rubis sur la table, près du dé à coudre de la femme. Puis il voleta délicatement tout autour du lit, éventant de ses ailes le front du garçon. « Quelle fraîcheur ! dit le garçon, je dois aller mieux » ; et il s'abîma dans un délicieux sommeil.

Lors, le Martinet s'en retourna auprès du Prince Heureux auquel il raconta ce qu'il avait fait. « C'est bizarre, remarqua-t-il, mais je me sens tout réchauffé alors qu'il fait si froid.

— C'est parce que tu as fait une bonne action », dit le Prince. Et le Martinet se mit à réfléchir, puis s'endormit. La réflexion lui donnait toujours sommeil.

Lorsque le jour se leva, il vola jusqu'à la rivière et prit un bain.

'What a remarkable phenomenon,' said the Professor of Ornithology as he was passing over the bridge. 'A swallow in winter!' And he wrote a long letter about it to the local newspaper. Every one quoted it, it was full of so many words that they could not understand.

'To-night I go to Egypt,' said the Swallow, and he was in high spirits at the prospect. He visited all the public monuments, and sat a long time on top of the church steeple. Wherever he went the Sparrows chirruped, and said to each other, 'What a distinguished stranger!' so he enjoyed himself very much.

When the moon rose he flew back to the Happy Prince. 'Have you any commissions for Egypt?' he cried; 'I am just starting.'

'Swallow, Swallow, little Swallow,' said the Prince, 'will you not stay with me one night longer?'

'I am waited for in Egypt,' answered the Swallow. To-morrow my friends will fly up to the Second Cataract. The river-horse couches there among the bulrushes, and on a great granite throne sits the God Memnon. All night long he watches the stars, and when the morning star shines he utters one cry of joy, and then he is silent. At noon the yellow lions come down to the water's edge to drink. They have eyes like green beryls, and their roar is louder than the roar of the cataract.'

« Quel phénomène remarquable ! dit le professeur d'ornithologie qui traversait le pont. Un martinet en hiver ! » Et il écrivit une longue lettre à ce sujet dans le journal local. Chacun la cita tant elle était remplie de mots que nul ne comprenait.

« Ce soir, je pars pour l'Égypte », dit le Martinet qui se sentit tout ragaillardi à cette idée. Il visita tous les monuments publics, et demeura un long moment au sommet de la flèche de l'église. Partout où il se rendait, les moineaux piaillaient et se disaient l'un à l'autre : « Quel étranger de mine distinguée ! » Aussi s'amusait-il beaucoup.

Lorsque la lune se leva, il vola une nouvelle fois vers le Prince Heureux. « Avez-vous quelque commission à porter en Égypte ? lança-t-il. Je pars à l'instant.

— Martinet, martinet, petit martinet, dit le Prince, ne veux-tu pas rester avec moi une nuit de plus ?

— On m'attend en Égypte, répondit le Martinet. Demain mes amis voleront jusqu'à la Deuxième Cataracte. L'hippopotame s'y accroupit parmi les roseaux, et sur une vaste demeure de granit est assis le dieu Memnon. Toute la nuit il regarde les étoiles, et quand brille celle du matin il pousse un cri de joie, puis se tait[1]. À midi les lions jaunes descendent au bord de l'eau pour boire. Leurs yeux sont comme des béryls verts, et ils rugissent plus fort encore que la cataracte.

---

1. Selon la tradition, la statue noire de Memnon, à Thèbes, dans l'ancienne Égypte, résonnait aux premiers rayons du soleil.

'Swallow, Swallow, little Swallow,' said the Prince, 'far away across the city I see a young man in a garret. He is leaning over a desk covered with papers, and in a tumbler by his side there is a bunch of withered violets. His hair is brown and crisp, and his lips are red as a pomegranate, and he has large and dreamy eyes. He is trying to finish a play for the Director of the Theatre, but he is too cold to write any more. There is no fire in the grate, and hunger has made him faint.'

'I will wait with you one night longer,' said the Swallow, who really had a good heart. 'Shall I take him another ruby?'

'Alas! I have no ruby now,' said the Prince; 'my eyes are all that I have left. They are made of rare sapphires, which were brought out of India a thousand years ago. Pluck out one of them and take it to him. He will sell it to the jeweller, and buy food and firewood, and finish his play.'

'Dear Prince,' said the Swallow, 'I cannot do that;' and he began to weep.

'Swallow, Swallow, little Swallow,' said the Prince, 'do as I command you.'

So the Swallow plucked out the Prince's eye, and flew away to the student's garret. It was easy enough to get in, as there was a hole in the roof. Through this he darted, and came into the room. The young man had his head buried in his hands, so he did not hear the flutter of the bird's wings, and when he looked up he found the beautiful sapphire lying on the withered violets.

« Martinet, martinet, petit martinet, dit le Prince. Là-bas, à l'autre bout de la ville, je vois un jeune homme dans une mansarde. Il se penche sur un bureau couvert de papiers. Dans un gobelet, près de lui, il y a un bouquet de violettes fanées. Ses cheveux sont bruns et crépus, ses lèvres rouges comme la grenade, et il a de grands yeux rêveurs. Il essaie de finir une pièce pour le directeur du Théâtre, mais il a trop froid pour continuer à écrire. Il n'y a pas de feu dans l'âtre, et la faim l'a fait s'évanouir.

— J'attendrai auprès de vous une seule autre nuit, dit le Martinet qui avait vraiment bon cœur. Lui porterai-je un autre rubis ?

— Hélas ! Je n'ai plus de rubis à présent, dit le Prince. Mes yeux sont tout ce qui me reste. Ils sont faits de rares saphirs qu'on a rapportés de l'Inde il y a mille ans. Arraches-en un et apporte-le-lui. Il le vendra au bijoutier, il achètera du bois et il finira sa pièce.

— Cher Prince, dit le Martinet, je ne peux pas faire cela », et il se mit à pleurer.

« Martinet, martinet, petit martinet, dit le Prince, fais ce que je t'ordonne. »

Et le Martinet, ayant arraché l'œil du Prince, s'envola vers la mansarde de l'étudiant. Il était bien facile d'y entrer à cause d'un trou dans le toit. Le Martinet s'y engouffra et pénétra dans la pièce. Le jeune homme avait enfoui sa tête entre ses mains, aussi n'entendit-il pas le battement des ailes de l'oiseau. Mais quand il leva les yeux, il découvrit le beau saphir posé sur les violettes fanées.

'I am beginning to be appreciated,' he cried; 'this is from some great admirer. Now I can finish my play,' and he looked quite happy.

The next day the Swallow flew down to the harbour. He sat on the mast of a large vessel and watched the sailors hauling big chests out of the hold with ropes. 'Heave a-hoy!' they shouted as each chest came up. 'I am going to Egypt!' cried the Swallow, but nobody minded, and when the moon rose he flew back to the Happy Prince.

'I am come to bid you good-bye,' he cried.

'Swallow, Swallow, little Swallow,' said the Prince, 'will you not stay with me one night longer?'

'It is winter,' answered the Swallow, 'and the chill snow will soon be here. In Egypt the sun is warm on the green palm-trees, and the crocodiles lie in the mud and look lazily about them. My companions are building a nest in the Temple of Baalbec, and the pink and white doves are watching them, and cooing to each other. Dear Prince, I must leave you, but I will never forget you, and next spring I will bring you back two beautiful jewels in place of those you have given away. The ruby shall be redder than a red rose, and the sapphire shall be as blue as the great sea.'

'In the square below,' said the Happy Prince, 'there stands a little match-girl.

« On commence à m'apprécier ! s'écria-t-il. Cela sera venu de quelque fervent admirateur. Je peux finir ma pièce maintenant. »

Le jour suivant, le Martinet descendit jusqu'au port. Perché sur le mât d'un grand vaisseau, il contempla les matelots qui, à l'aide de cordes, hissaient de vastes coffres hors de la cale. « Ho ! hisse ! » criaient-ils chaque fois qu'un coffre s'élevait. « Je m'en vais en Égypte ! » s'écriait le Martinet, mais personne ne lui prêtait attention. Quand la lune se leva, il s'en revint auprès du Prince Heureux.

« Je suis venu vous faire mes adieux, lança-t-il.

— Martinet, martinet, petit martinet, dit le Prince, ne resteras-tu pas une nuit de plus auprès de moi ?

— C'est l'hiver, répondit le Martinet, et bientôt la neige glaciale sera là. En Égypte le soleil est chaud sur les verts palmiers. Les crocodiles sont allongés dans la boue et regardent paresseusement autour d'eux. Mes compagnons bâtissent un nid dans le temple de Baalbec, et les colombes roses et blanches les regardent en roucoulant entre elles. Cher Prince, il faut que je vous quitte mais jamais je ne vous oublierai. Le printemps prochain je vous rapporterai deux bijoux magnifiques pour remplacer ceux que vous avez donnés. Le rubis sera plus rouge qu'une rose rouge, et le saphir aussi bleu que la mer immense.

— En bas, sur la place, se tient une petite marchande d'allumettes, dit le Prince Heureux.

She has let her matches fall in the gutter, and they are all spoiled. Her father will beat her if she does not bring home some money, and she is crying. She has no shoes or stockings, and her little head is bare. Pluck out my other eye, and give it to her, and her father will not beat her.'

'I will stay with you one night longer,' said the Swallow, 'but I cannot pluck out your eye. You would be quite blind then.'

'Swallow, Swallow, little Swallow,' said the Prince, 'do as I command you.'

So he plucked out the Prince's other eye, and darted down with it. He swooped past the match-girl, and slipped the jewel into the palm of her hand. 'What a lovely bit of glass,' cried the little girl; and she ran home, laughing.

Then the Swallow came back to the Prince. 'You are blind now,' he said, 'so I will stay with you always.'

'No, little Swallow,' said the poor Prince, 'you must go away to Egypt.'

'I will stay with you always,' said the Swallow, and he slept at the Prince's feet.

All the next day he sat on the Prince's shoulder, and told him stories of what he had seen in strange lands. He told him of the red ibises, who stand in long rows on the banks of the Nile, and catch gold fish in their beaks; of the Sphinx, who is as old as the world itself, and lives in the desert, and knows everything;

Elle a laissé ses allumettes tomber dans le caniveau, et elles ont toutes été gâtées. Son père la battra si elle ne rapporte pas d'argent à la maison, et elle pleure. Elle n'a ni chaussures ni bas, et sa petite tête est nue. Arrache-moi mon autre œil, donne-le-lui et son père ne la battra pas.

— Je resterai une nuit de plus auprès de vous, dit le Martinet, mais je ne peux pas vous arracher votre œil. Vous seriez complètement aveugle.

— Martinet, martinet, petit martinet, dit le Prince, fais ce que je t'ordonne. »

Ayant arraché l'autre œil du Prince, le Martinet s'élança. Il passa comme une flèche près de la marchande d'allumettes et lui glissa le joyau dans la paume de la main. « Oh, le joli morceau de verre ! » s'écria la petite fille qui rentra chez elle en riant.

Alors le Martinet retourna auprès du Prince. « Maintenant que vous voilà aveugle je resterai toujours auprès de vous.

— Non, petit martinet, dit le pauvre Prince, il faut que tu partes pour l'Égypte.

— Je resterai toujours auprès de vous », dit le Martinet qui s'endormit auprès du Prince.

Pendant toute la journée du lendemain, il lui conta ce qu'il avait vu en étranges contrées. Il lui parla des longues rangées d'ibis rouges, debout au bord du Nil, qui happent dans leurs becs des cyprins dorés ; du Sphinx, qui est aussi vieux que le monde lui-même — il vit dans le désert et connaît toute chose ;

of the merchants, who walk slowly by the side of
their camels, and carry amber beads in their hands;
of the King of the Mountains of the Moon, who is
as black as ebony, and worships a large crystal; of
the great green snake that sleeps in a palm-tree,
and has twenty priests to feed it with honey-cakes;
and of the pygmies who sail over a big lake on large
flat leaves, and are always at war with the butter-
flies.

'Dear little Swallow,' said the Prince, 'you tell
me of marvellous things, but more marvellous than
anything is the suffering of men and of women.
There is no Mystery so great as Misery. Fly over
my city, little Swallow, and tell me what you see
there.'

So the Swallow flew over the great city, and saw
the rich making merry in their beautiful houses,
while the beggars were sitting at the gates. He flew
into dark lanes, and saw the white faces of starving
children looking out listlessly at the black streets.
Under the archway of a bridge two little boys were
lying in one another's arms to try and keep themselves warm. 'How hungry we are!' they said. 'You
must not lie here,' shouted the Watchman, and
they wandered out into the rain.

Then he flew back and told the Prince what he
had seen.

'I am covered with fine gold,' said the Prince,
'you must take it off, leaf by leaf, and give it to my
poor; the living always think that gold can make
them happy.'

des marchands qui marchent à pas lents au côté de leurs chameaux et tiennent à la main des chapelets d'ambre ; du roi des montagnes de la Lune, qui est noir comme l'ébène et adore un vaste cristal ; du grand Serpent vert qui dort dans un palmier et se fait nourrir de gâteaux au miel par vingt prêtres ; et aussi des Pygmées qui, montés sur de larges feuilles plates, voguent à travers un grand lac et mènent une guerre perpétuelle contre les papillons.

« Cher petit martinet, dit le Prince, tu me parles de merveilles, mais rien n'est plus merveilleux que la souffrance des hommes et des femmes. La Misère excède tout Mystère. Vole au-dessus de ma ville, petit martinet. Raconte-moi ce que tu vois là-bas. »

Et le Martinet survola la grande ville. Il vit les riches s'égayant dans leurs splendides demeures, tandis que les mendiants restaient assis devant les grilles. Il vola par de sombres ruelles et vit les faces blêmes des enfants affamés qui fixaient distraitement les rues noires. Sous l'arche d'un pont, deux petits garçons, pour se réchauffer, se serraient dans les bras l'un de l'autre. « Comme nous avons faim ! » dirent-ils. « Interdit de dormir ici », cria le veilleur, et ils s'en allèrent sous la pluie.

Alors le Martinet s'en revint conter au Prince ce qu'il avait vu.

« Je suis couvert d'or fin, dit le Prince, il faut que tu l'enlèves feuille à feuille et que tu en fasses don à mes pauvres ; les vivants s'imaginent toujours que l'or peut les rendre heureux. »

Leaf after leaf of the fine gold the Swallow picked off, till the Happy Prince looked quite dull and grey. Leaf after leaf of the fine gold he brought to the poor, and the children's faces grew rosier, and they laughed and played games in the street. 'We have bread now!' they cried.

Then the snow came, and after the snow came the frost. The streets looked as if they were made of silver, they were so bright and glistening; long icicles like crystal daggers hung down from the eaves of the houses, everybody went about in furs, and the little boys wore scarlet caps and skated on the ice.

The poor little Swallow grew colder and colder, but he would not leave the Prince, he loved him too well. He picked up crumbs outside the baker's door when the baker was not looking, and tried to keep himself warm by flapping his wings.

But at last he knew that he was going to die. He had just strength to fly up to the Prince's shoulder once more. 'Good-bye, dear Prince!' he murmured, 'will you let me kiss your hand?'

'I am glad that you are going to Egypt at last, little Swallow,' said the Prince, 'you have stayed too long here; but you must kiss me on the lips, for I love you.'

'It is not to Egypt that I am going,' said the Swallow. 'I am going to the House of Death. Death is the brother of Sleep, is he not?'

Une à une, le Martinet détacha les feuilles d'or fin jusqu'à ce que le Prince Heureux eût pris un aspect tout terne et gris. Une à une, il portait aux pauvres les feuilles d'or, et les visages des enfants en devenaient plus roses. Ils se mettaient à rire et à jouer en pleine rue. « Nous avons du pain maintenant ! » s'écriaient-ils.

Puis vint la neige, et le gel après la neige. Les rues semblaient faites d'argent tant elles luisaient, étincelaient ; tels des poignards de cristal, de longs glaçons pendaient aux avant-toits des maisons, tout le monde se promenait en fourrure, et les petits garçons, coiffés de casquettes cramoisies, patinaient sur la glace.

Le pauvre petit Martinet avait de plus en plus froid, mais il ne voulait pas quitter le Prince. Il l'aimait trop tendrement. Lorsque le boulanger regardait ailleurs, il becquetait des miettes à la porte de la boulangerie et tentait de se réchauffer en battant des ailes.

Mais, au bout du compte, il sut qu'il allait mourir. Il eut tout juste la force de voler une fois de plus jusqu'à l'épaule du Prince. « Au revoir, cher Prince ! murmura-t-il. Me laisserez-vous baiser votre main ?

— Petit martinet, je suis heureux que tu partes enfin pour l'Égypte, dit le Prince. Tu es resté ici trop longtemps. Mais tu dois me baiser les lèvres car je t'aime.

— Ce n'est pas en Égypte que je vais, répondit le Martinet. Je vais à la maison de la Mort. La Mort n'est-elle pas la sœur du Sommeil ? »

And he kissed the Happy Prince on the lips, and fell down dead at his feet.

At that moment a curious crack sounded inside the statue, as if something had broken. The fact is that the leaden heart had snapped right in two. It certainly was a dreadfully hard frost.

Early the next morning the Mayor was walking in the square below in company with the Town Councillors. As they passed the column he looked up at the statue: 'Dear me! how shabby the Happy Prince looks!' he said.

'How shabby indeed!' cried the Town Councillors, who always agreed with the Mayor, and they went up to look at it.

'The ruby has fallen out of his sword, his eyes are gone, and he is golden no longer,' said the Mayor; 'in fact, he is little better than a beggar!'

'Little better than a beggar,' said the Town Councillors.

'And here is actually a dead bird at his feet!' continued the Mayor. 'We must really issue a proclamation that birds are not to be allowed to die here.' And the Town Clerk made a note of the suggestion.

So they pulled down the statue of the Happy Prince. 'As he is no longer beautiful he is no longer useful,' said the Art Professor at the University.

Then they melted the statue in a furnace, and the Mayor held a meeting of the Corporation to decide what was to be done with the metal.

Et il baisa les lèvres du Prince Heureux avant de tomber mort à ses pieds.

À cet instant, un étrange craquement se fit entendre à l'intérieur de la statue, comme si quelque chose s'y était brisé. Oui, le cœur de plomb venait de se fendre en deux morceaux. Sans doute était-ce la faute d'un gel terriblement dur.

Tôt le lendemain matin, le maire, accompagné des échevins, traversa la place en contrebas. Lorsqu'ils passèrent devant la colonne, il leva les yeux vers la statue : « Mon Dieu ! Le Prince semble en bien piteux état ! dit-il.

— Piteux état en vérité ! » s'exclamèrent les échevins, qui étaient toujours d'accord avec le maire, et ils montèrent l'examiner.

« Le rubis est tombé de son épée, ses yeux ont disparu, il n'est plus doré, dit le maire. Vrai, il ne vaut guère mieux qu'un mendiant !

— Guère mieux qu'un mendiant, reprirent les échevins.

— Et voilà-t-il pas un oiseau mort à ses pieds ! continua le maire. Décidément, il nous faut proclamer que les oiseaux n'ont pas le droit de mourir ici. » Le secrétaire de mairie prit bonne note de la suggestion.

On abattit donc la statue du Prince Heureux. « N'ayant plus de beauté, le prince n'est plus utile », dit le professeur d'art à l'université.

Alors on fondit la statue dans une fournaise, et le maire réunit un conseil de la guilde pour décider de ce qu'on ferait du métal.

'We must have another statue, of course,' he said, 'and it shall be a statue of myself.'

'Of myself,' said each of the Town Councillors, and they quarrelled. When I last heard of them they were quarrelling still.

'What a strange thing!' said the overseer of the workmen at the foundry. 'This broken lead heart will not melt in the furnace. We must throw it away.' So they threw it on a dust-heap where the dead Swallow was also lying.

'Bring me the two most precious things in the city,' said God to one of His Angels; and the Angel brought Him the leaden heart and the dead bird.

'You have rightly chosen,' said God, 'for in my garden of Paradise this little bird shall sing for evermore, and in my city of gold the Happy Prince shall praise me.'

« Bien entendu, il nous faut une autre statue : la mienne, déclara-t-il.

— La mienne », répétèrent tous les échevins, et ils se querellèrent. La dernière fois que j'entendis parler d'eux, ils se querellaient encore.

« Comme c'est bizarre ! dit le contremaître de la fonderie. Ce cœur de plomb brisé se refuse à fondre dans la fournaise. Il nous faut le jeter. » On le jeta donc sur un tas d'ordures où gisait le Martinet mort.

« Apportez-moi les deux objets les plus précieux de la ville », demanda Dieu à l'un de ses anges ; et l'ange lui apporta le cœur de plomb et l'oiseau mort.

« Tu as justement choisi, dit Dieu, car dans mon jardin de paradis ce petit oiseau chantera à jamais, et dans ma ville d'or le Prince Heureux chantera mes louanges. »

The Nightingale and the Rose

Le Rossignol et la Rose

'She said that she would dance with me if I brought her red roses,' cried the young Student; 'but in all my garden there is no red rose.'

From her nest in the holm-oak tree the Nightingale heard him, and she looked out through the leaves, and wondered.

'No red rose in all my garden!' he cried, and his beautiful eyes filled with tears. 'Ah, on what little things does happiness depend! I have read all that the wise men have written, and all the secrets of philosophy are mine, yet for want of a red rose is my life made wretched.'

'Here at last is a true lover,' said the Nightingale. 'Night after night have I sung of him, though I knew him not: night after night have I told his story to the stars, and now I see him. His hair is dark as the hyacinth-blossom, and his lips are red as the rose of his desire; but passion has made his face like pale ivory, and sorrow has set her seal upon his brow.'

« Elle a dit qu'elle danserait avec moi si je lui apportais des roses rouges, s'écria le jeune Étudiant, mais dans tout mon jardin il n'y a pas une rose rouge. »

Depuis son nid dans le chêne vert, le Rossignol l'entendit. Il jeta un regard à travers les feuilles et se prit à réfléchir.

« Pas une rose rouge dans tout mon jardin ! s'écria le jeune Étudiant, et ses beaux yeux s'emplirent de larmes. Ah, de quels ténus objets dépend notre bonheur ! J'ai lu tous les écrits des sages, et je maîtrise tous les secrets de la philosophie. L'absence d'une rose rouge, pourtant, fait le malheur de ma vie. »

« Un amant véritable, enfin ! dit le Rossignol. Nuit après nuit je l'ai chanté sans le connaître ; nuit après nuit j'ai conté son histoire aux étoiles, et maintenant je le vois. Ses cheveux ont la couleur sombre de la fleur de jacinthe, et ses lèvres la rougeur de la rose qu'il convoite, mais la passion a fait de son visage comme un ivoire pâle, son front porte le sceau du chagrin. »

'The Prince gives a ball to-morrow night,' murmured the young Student, 'and my love will be of the company. If I bring her a red rose she will dance with me till dawn. If I bring her a red rose, I shall hold her in my arms, and she will lean her head upon my shoulder, and her hand will be clasped in mine. But there is no red rose in my garden, so I shall sit lonely, and she will pass me by. She will have no heed of me, and my heart will break.'

'Here indeed is the true lover,' said the Nightingale. 'What I sing of, he suffers: what is joy to me, to him is pain. Surely Love is a wonderful thing. It is more precious than emeralds, and dearer than fine opals. Pearls and pomegranates cannot buy it, nor is it set forth in the market-place. It may not be purchased of the merchants, nor can it be weighed out in the balance for gold.'

'The musicians will sit in their gallery,' said the young Student, 'and play upon their stringed instruments, and my love will dance to the sound of the harp and the violin. She will dance so lightly that her feet will not touch the floor, and the courtiers in their gay dresses will throng round her. But with me she will not dance, for I have no red rose to give her;' and he flung himself down on the grass, and buried his face in his hands, and wept.

'Why is he weeping?' asked a little Green Lizard, as he ran past him with his tail in the air.

« Le Prince donne un bal demain soir, murmura le jeune Étudiant, et celle que j'aime sera de la compagnie. Si je lui apporte une rose rouge, elle dansera avec moi jusqu'à l'aube. Si je lui apporte une rose rouge, je la tiendrai dans mes bras. Elle appuiera sa tête sur mon épaule, et sa main sera serrée dans la mienne. Mais puisqu'il n'y a pas de rose rouge dans mon jardin je resterai assis tout seul, et elle passera à côté de moi. Elle ne me prêtera pas la moindre attention, et mon cœur se brisera. »

« En vérité c'est lui le véritable amant, dit le Rossignol. Ce que je chante, il le souffre ; ce qui m'est joie lui est douleur. L'Amour assurément est un objet merveilleux. Il est plus précieux que les émeraudes, et de plus de valeur que les opales fines. Perles et grenades ne peuvent l'acheter, et il n'est pas en vente au marché. On ne saurait ni l'acquérir auprès des marchands, ni le peser dans les balances des orfèvres. »

« Les musiciens prendront place à la tribune, dit le jeune Étudiant. Ils joueront de leurs instruments à cordes, et celle que j'aime dansera au son de la harpe et du violon. Elle dansera si légèrement que ses pieds ne toucheront pas le sol. Les courtisans en habits joyeux se presseront autour d'elle. Mais avec moi elle ne dansera pas car je n'ai pas de rose à lui donner. » Là-dessus il s'effondra sur le gazon, enfouit son visage entre ses mains et se mit à pleurer.

« Pourquoi pleure-t-il ? demanda un petit lézard vert qui passait devant lui la queue en l'air.

'Why, indeed?' said a Butterfly, who was fluttering about after a sunbeam.

'Why, indeed?' whispered a Daisy to his neighbour, in a soft, low voice.

'He is weeping for a red rose,' said the Nightingale.

'For a red rose!' they cried; 'how very ridiculous!' and the little Lizard, who was something of a cynic, laughed outright.

But the Nightingale understood the secret of the Student's sorrow, and she sat silent in the oak-tree, and thought about the mystery of Love.

Suddenly she spread her brown wings for flight, and soared into the air. She passed through the grove like a shadow, and like a shadow she sailed across the garden.

In the centre of the grass-plot was standing a beautiful Rosetree, and when she saw it, she flew over to it, and lit upon a spray.

'Give me a red rose,' she cried, 'and I will sing you my sweetest song.'

But the Tree shook its head.

'My roses are white,' it answered; 'as white as the foam of the sea, and whiter than the snow upon the mountain. But go to my brother who grows round the old sun-dial, and perhaps he will give you what you want.'

So the Nightingale flew over to the Rose-tree that was growing round the old sun-dial.

'Give me a red rose', she cried, 'and I will sing you my sweetest song.'

« — Pourquoi donc? dit un papillon qui poursuivait à tire-d'aile un rayon de soleil.

— Pourquoi donc? murmura de sa voix douce et grave une marguerite à sa voisine.

— Il pleure à cause d'une rose rouge, dit le Rossignol.

— À cause d'une rose rouge! s'écrièrent-ils. Mais c'est le comble du ridicule! » et le petit Lézard, qui avait quelque chose d'un cynique, éclata carrément de rire.

Mais le Rossignol, qui comprenait le secret du chagrin de l'Étudiant, restait silencieux dans son chêne et réfléchissait au mystère de l'Amour.

Soudain il étendit ses ailes brunes pour prendre son envol, et il s'éleva dans l'air. Il traversa le bosquet comme une ombre, et comme une ombre survola le jardin.

Au centre du carré de gazon se dressait un magnifique Rosier. Lorsque le Rossignol l'aperçut, il vola vers lui et se posa sur un de ses rameaux.

« Donne-moi une rose rouge, s'écria-t-il, et je te chanterai ma chanson la plus douce. »

Mais l'Arbrisseau fit non de la tête.

« Mes roses sont blanches, répondit-il, aussi blanches que l'écume de la mer, plus blanches que la neige au sommet de la montagne. Mais va trouver mon frère qui pousse autour du vieux cadran solaire. Peut-être te donnera-t-il ce que tu cherches. »

Le Rossignol vola donc jusqu'au Rosier qui poussait autour du vieux cadran solaire.

« Donne-moi une rose rouge, s'écria-t-il, et je te chanterai ma chanson la plus douce. »

But the Tree shook its head.

'My roses are yellow,' it answered; 'as yellow as the hair of the mermaiden who sits upon an amber throne, and yellower than the daffodil that blooms in the meadow before the mower comes with his scythe. But go to my brother who grows beneath the Student's window, and perhaps he will give you what you want.'

So the Nightingale flew over to the Rose-tree that was growing beneath the Student's window.

'Give me a red rose,' she cried, 'and I will sing you my sweetest song.'

But the Tree shook its head.

'My roses are red,' it answered, 'as red as the feet of the dove, and redder than the great fans of coral that wave and wave in the ocean-cavern. But the winter has chilled my veins, and the frost has nipped my buds, and the storm has broken my branches, and I shall have no roses at all this year.'

'One red rose is all I want,' cried the Nightingale, 'only one red rose! Is there no way by which I can get it?'

'There is a way,' answered the Tree; 'but it is so terrible that I dare not tell it to you.'

'Tell it to me,' said the Nightingale, 'I am not afraid.'

'If you want a red rose,' said the Tree, 'you must build it out of music by moonlight,

Mais le Rosier fit non de la tête.

« Mes roses sont jaunes, répondit-il, aussi jaunes que la chevelure de la sirène assise sur son trône d'ambre, plus jaunes que la jonquille qui fleurit dans le pré avant le passage du faucheur. Mais va trouver mon frère qui pousse sous la fenêtre de l'Étudiant. Peut-être te donnera-t-il ce que tu cherches. »

Le Rossignol vola donc jusqu'au Rosier qui poussait sous la fenêtre de l'Étudiant.

« Donne-moi une rose rouge, s'écria-t-il, et je te chanterai ma chanson la plus douce. »

Mais l'Arbrisseau fit non de la tête.

« Mes roses sont rouges, répondit-il, aussi rouges que les pattes de la colombe, plus rouges que les grands éventails de corail qui sans cesse ondulent dans la caverne océane. Mais l'hiver a glacé mes veines, le gel a brûlé mes bourgeons et l'orage a brisé mes branches. Cette année je n'aurai pas de roses.

— Une rose rouge, une seule, il ne m'en faut pas plus ! s'écria le Rossignol. Juste une rose rouge ! N'existe-t-il aucun moyen de m'en procurer une ?

— Un moyen existe, répondit l'Arbrisseau, mais si effrayant que je n'ose t'en parler.

— Parle, dit le Rossignol. Je n'ai pas peur.

— Qui veut une rose rouge, dit l'Arbrisseau, doit à force de musique l'élever sous la lune[1],

---

1. Selon la mythologie, Amphion aurait élevé les murs de Thèbes en jouant de la lyre. Wilde se souvient aussi du *Camelot* de Tennyson : « *built / to Music therefore never built at all* ».

and stain it with your own heart's-blood. You must sing to me with your breast against a thorn. All night long you must sing to me, and the thorn must pierce your heart, and your life-blood must flow into my veins, and become mine.'

'Death is a great price to pay for a red rose,' cried the Nightingale, 'and Life is very dear to all. It is pleasant to sit in the green wood, and to watch the Sun in his chariot of gold, and the Moon in her chariot of pearl. Sweet is the scent of the hawthorn, and sweet are the bluebells that hide in the valley, and the heather that blows on the hill. Yet Love is better than Life, and what is the heart of a bird compared to the heart of a man?'

So she spread her brown wings for flight, and soared into the air. She swept over the garden like a shadow, and like a shadow she sailed through the grove.

The young Student was still lying on the grass, where she had left him, and the tears were not yet dry in his beautiful eyes.

'Be happy,' cried the Nightingale, 'be happy; you shall have your red rose. I will build it out of music by moonlight, and stain it with my own heart's-blood. All that I ask of you in return is that you will be a true lover, for Love is wiser than Philosophy, though she is wise, and mightier than Power, though he is mighty. Flame-coloured are his wings,

et l'arroser du sang de son propre cœur. Tu dois chanter pour moi en appuyant une épine contre ton cœur. Il faut que toute la nuit tu chantes pour moi, que l'épine te perce le cœur, que coule dans mes veines le sang qui te donne la vie afin qu'il devienne le mien.

— Mourir! c'est bien cher payer pour une rose rouge, s'écria le Rossignol, et qui ne tient à la Vie? Il est plaisant de se percher dans le bois verdoyant pour contempler le Soleil dans son char doré, et la Lune dans son char de perle. Douce est la senteur de l'aubépine, douces les campanules qui se cachent dans la vallée, douce la bruyère qui fleurit sur la colline. Mais l'Amour vaut mieux que la Vie, et qu'est-ce que le cœur d'un oiseau à côté d'un cœur d'homme? »

Alors il étendit ses ailes brunes pour prendre sa volée, et s'éleva dans l'air. Il frôla le jardin comme une ombre, et comme une ombre rasa le parc.

Le jeune Étudiant était toujours étendu sur le gazon, là où il l'avait laissé, et dans ses beaux yeux les larmes n'étaient pas encore sèches.

« Sois heureux, s'écria le Rossignol, sois heureux; tu auras ta rose rouge. À force de musique je l'élèverai sous la lune, et je l'arroserai du sang de mon propre cœur. Tout ce que je te demande en retour, c'est d'être un véritable amant, car l'Amour a plus de sagesse que la Philosophie, qui est pourtant fort sage, et plus de force que le Pouvoir, qui est pourtant bien fort. Ses ailes sont couleur de flamme,

and coloured like flame is his body. His lips are sweet as honey, and his breath is like frankincense.'

The Student looked up from the grass, and listened, but he could not understand what the Nightingale was saying to him, for he only knew the things that are written down in books.

But the Oak-tree understood, and felt sad, for he was very fond of the little Nightingale who had built her nest in his branches.

'Sing me one last song,' he whispered; 'I shall feel very lonely when you are gone.'

So the Nightingale sang to the Oak-tree, and her voice was like water bubbling from a silver jar.

When she had finished her song the Student got up, and pulled a note-book and a lead-pencil out of his pocket.

'She has form,' he said to himself, as he walked away through the grove — 'that cannot be denied to her; but has she got feeling? I am afraid not. In fact, she is like most artists; she is all style, without any sincerity. She would not sacrifice herself for others. She thinks merely of music, and everybody knows that the arts are selfish. Still, it must be admitted that she has some beautiful notes in her voice. What a pity it is that they do not mean anything, or do any practical good.' And he went into his room, and lay down on his little pallet-bed, and began to think of his love; and, after a time, he fell asleep.

et son corps a la couleur de la flamme. Ses lèvres ont la douceur du miel, et son haleine est comme l'oliban. »

L'Étudiant quitta le gazon des yeux et tendit l'oreille, mais il ne put comprendre ce que lui disait le Rossignol car il ne connaissait que ce qu'on écrit dans les livres.

Le Chêne le comprit, lui, et il se sentit triste tant il avait d'affection pour le petit Rossignol qui avait bâti son nid dans ses branches.

« Chante pour moi une dernière fois, murmura-t-il ; je me sentirai si seul quand tu auras disparu. »

Aussi le Rossignol chanta-t-il pour le Chêne, et sa voix était comme une eau qui s'écoule en bruissant d'un vase d'argent.

Quand il eut fini sa chanson, l'Étudiant se leva. De sa poche il tira un carnet de notes et un crayon à mine de plomb.

« C'est un virtuose, se dit-il intérieurement tandis qu'il traversait le parc pour s'en retourner, on ne saurait le nier, mais a-t-il du sentiment ? Je crains que non. En réalité, comme la plupart des artistes, il est tout style et nulle sincérité. Il ne se sacrifierait pas pour les autres. Il ne pense qu'à la musique, et chacun sait que les arts sont égoïstes. On doit cependant admettre que sa voix recèle quelques notes splendides. Quel dommage qu'elles ne veuillent rien dire, et qu'elles ne servent à rien. » Et il regagna sa chambre où il s'allongea sur son étroit grabat et se mit à songer à son amour ; au bout de quelque temps il s'endormit.

And when the Moon shone in the heavens the Nightingale flew to the Rose-tree, and set her breast against the thorn. All night long she sang with her breast against the thorn, and the cold crystal Moon leaned down and listened. All night long she sang, and the thorn went deeper and deeper into her breast, and her life-blood ebbed away from her.

She sang first of the birth of love in the heart of a boy and a girl. And on the topmost spray of the Rose-tree there blossomed a marvellous rose, petal following petal, as song followed song. Pale was it, at first, as the mist that hangs over the river — pale as the feet of the morning, and silver as the wings of the dawn. As the shadow of a rose in a mirror of silver, as the shadow of a rose in a water-pool, so was the rose that blossomed on the topmost spray of the Tree.

But the Tree cried to the Nightingale to press closer against the thorn. 'Press closer, little Nightingale,' cried the Tree, 'or the Day will come before the rose is finished.'

So the Nightingale pressed closer against the thorn, and louder and louder grew her song, for she sang of the birth of passion in the soul of a man and a maid.

And a delicate flush of pink came into the leaves of the rose, like the flush in the face of the bridegroom when he kisses the lips of the bride. But the thorn had not yet reached her heart, so the rose's heart remained white, for only a Nightingale's heart's-blood can crimson the heart of a rose.

Quand la lune brilla dans les cieux, le Rossignol vola jusqu'au Rosier et appliqua sa poitrine tout contre l'épine. Toute la nuit il chanta, la poitrine contre l'épine, et la froide Lune de cristal se pencha pour l'écouter. Toute la nuit il chanta, l'épine s'enfonçait de plus en plus dans sa poitrine, et le sang qui lui donnait la vie s'échappait de son corps.

Il chanta, tout d'abord, la naissance de l'amour dans le cœur d'un garçon et d'une fillette. Et sur la plus haute branche du Rosier fleurit une rose magnifique, pétale après pétale, chanson après chanson. Elle eut d'abord la pâleur d'un brouillard s'élevant au-dessus du fleuve — celle des pieds du Matin, puis la couleur argentée des ailes de l'Aube. Ombre d'une rose en un miroir d'argent, ombre d'une rose en une nappe d'eau, telle était la rose qui fleurissait sur la plus haute branche de l'Arbrisseau.

Mais l'Arbrisseau cria au Rossignol d'appuyer plus fort contre l'épine. « Appuie plus fort, petit Rossignol, s'écriait l'Arbrisseau, ou le Jour paraîtra avant que la rose ne soit achevée. »

Et le Rossignol appuya plus fort contre l'épine, et son chant se fit plus sonore, car il chantait la naissance de la passion dans l'âme d'un homme et d'une jeune fille.

Une délicate nuance de rose gagna les pétales de la rose ; on eût dit le visage rougissant de l'époux quand il baise les lèvres de l'épouse. Mais l'épine n'avait pas encore atteint son cœur, si bien que le cœur de la rose restait blanc car seul le sang d'un cœur de Rossignol peut rougir un cœur de rose.

And the Tree cried to the Nightingale to press closer against the thorn. 'Press closer, little Nightingale,' cried the Tree, 'or the Day will come before the rose is finished.'

So the Nightingale pressed closer against the thorn, and the thorn touched her heart, and a fierce pang of pain shot through her. Bitter, bitter was the pain, and wilder and wilder grew her song, for she sang of the Love that is perfected by Death, of the Love that dies not in the tomb.

And the marvellous rose became crimson, like the rose of the eastern sky. Crimson was the girdle of petals, and crimson as a ruby was the heart.

But the Nightingale's voice grew fainter, and her little wings began to beat, and a film came over her eyes. Fainter and fainter grew her song, and she felt something choking her in her throat.

Then she gave one last burst of music. The white Moon heard it, and she forgot the dawn, and lingered on in the sky. The red Rose heard it, and it trembled all over with ecstasy, and opened its petals to the cold morning air. Echo bore it to her purple cavern in the hills, and woke the sleeping shepherds from their dreams. It floated through the reeds of the river, and they carried its message to the sea.

'Look, look!' cried the Tree, 'the rose is finished now;' but the Nightingale made no answer, for she was lying dead in the long grass, with the thorn in her heart.

And at noon the Student opened his window and looked out.

Et l'Arbrisseau cria au Rossignol d'appuyer plus fort contre l'épine. « Appuie plus fort, petit rossignol, s'écriait l'Arbrisseau, ou le jour paraîtra avant que la rose ne soit achevée. »

Et le Rossignol appuya plus fort contre l'épine. L'épine lui toucha le cœur, et une douleur aiguë le traversa soudain. Amère, amère fut cette douleur, et son chant se fit plus insensé, car il chantait l'Amour qui trouve sa perfection dans la Mort, de l'Amour qui ne meurt pas dans la tombe.

La magnifique rose devint écarlate, autant que celle du ciel d'Orient. Écarlate était la ceinture de pétales, écarlate le cœur qui semblait un rubis.

Mais la voix du Rossignol s'affaiblissait, ses petites ailes commencèrent à battre et un voile lui couvrit les yeux. Son chant se fit de plus en plus faible et il sentit quelque chose l'étouffer.

C'est alors qu'il exhala une dernière bouffée de musique. La Lune blanche l'entendit, en oublia l'aube et s'attarda dans le ciel. La Rose rouge qui l'entendit trembla, tout entière en extase, et dans l'air frais du matin ouvrit ses pétales. Écho l'emporta jusque dans sa caverne pourprine, sur les collines, et elle réveilla de leurs rêves les pâtres endormis. Elle flotta parmi les roseaux du fleuve, et ils portèrent son message jusqu'à la mer.

« Regarde, regarde ! s'écria l'Arbrisseau, la rose est achevée maintenant » ; mais le Rossignol ne répondit rien car il gisait mort parmi les hautes herbes, le cœur percé d'une épine.

À midi l'Étudiant ouvrit sa fenêtre et regarda dehors.

'Why, what a wonderful piece of luck!' he cried; 'here is a red rose! I have never seen any rose like it in all my life. It is so beautiful that I am sure it has a long Latin name;' and he leaned down and plucked it.

Then he put on his hat, and ran up to the Professor's house with the rose in his hand.

The daughter of the Professor was sitting in the doorway winding blue silk on a reel, and her little dog was lying at her feet.

'You said that you would dance with me if I brought you a red rose,' cried the Student. 'Here is the reddest rose in all the world. You will wear it to-night next your heart, and as we dance together it will tell you how I love you.'

But the girl frowned.

'I am afraid it will not go with my dress,' she answered; 'and, besides, the Chamberlain's nephew has sent me some real jewels, and everybody knows that jewels cost far more than flowers.'

'Well, upon my word, you are very ungrateful,' said the Student angrily; and he threw the rose into the street, where it fell into the gutter, and a cartwheel went over it.

'Ungrateful!' said the girl. 'I tell you what, you are very rude; and, after all, who are you? Only a Student. Why, I don't believe you have even got silver buckles to your shoes as the Chamberlain's nephew has;' and she got up from her chair and went into the house.

« Eh bien, quel coup de chance extraordinaire ! s'écria-t-il ; voici une rose rouge ! De ma vie, jamais je n'ai vu pareille rose. Elle est si belle que je suis sûr qu'elle possède un interminable nom latin. » Là-dessus il se pencha et la cueillit.

Puis il mit son chapeau et, la rose à la main, courut jusqu'à la maison du Professeur.

La fille du Professeur était assise sous le porche. Elle dévidait de la soie bleue. Son petit chien était allongé à ses pieds.

« Vous avez dit que vous danseriez avec moi si je vous apportais une rose rouge, s'écria l'Étudiant. Voici la rose la plus rouge qui existe au monde. Ce soir vous la porterez tout près de votre cœur, et pendant que nous danserons elle vous dira combien je vous aime. »

Mais la jeune fille fronça les sourcils.

« Je crains qu'elle n'aille pas avec ma robe, répondit-elle ; d'ailleurs, le neveu du Chambellan m'a envoyé de vrais bijoux, et tout le monde sait que les bijoux coûtent plus cher que les fleurs.

— Eh bien, par ma foi, vous êtes bien ingrate », dit l'Étudiant en fureur. Et il jeta la rose dans la rue où elle tomba dans le caniveau. Une charrette lui roula dessus.

« Ingrate ! dit la jeune fille. Savez-vous que vous êtes fort impertinent ? Qui êtes-vous après tout ? Rien qu'un étudiant. Fi, je ne crois même pas que vous possédiez des boucles d'argent à vos chaussures, comme celles du neveu du Chambellan » ; et elle se leva de sa chaise pour rentrer dans la maison.

'What a silly thing Love is,' said the Student as he walked away. 'It is not half as useful as Logic, for it does not prove anything, and it is always telling one of things that are not going to happen, and making one believe things that are not true. In fact, it is quite unpractical, and, as in this age to be practical is everything, I shall go back to Philosophy and study Metaphysics.'

So he returned to his room and pulled out a great dusty book, and began to read.

« Quelle absurdité que l'amour, dit l'Étudiant en s'éloignant. Loin d'être aussi utile que la logique, il ne prouve rien, annonce toujours des événements qui ne se produiront pas et fait accroire le contraire de la vérité. Au fond, il est fort peu pratique. En cet âge où le pragmatisme règne en maître, je m'en vais revenir à la philosophie et aux études métaphysiques. »

Et il regagna sa chambre, tira un gros livre poussiéreux et commença de lire.

The Selfish Giant

Le Géant égoïste

Every afternoon, as they were coming from school, the children used to go and play in the Giant's garden.

It was a large lovely garden, with soft green grass. Here and there over the grass stood beautiful flowers like stars, and there were twelve peach-trees that in the spring-time broke out into delicate blossoms of pink and pearl, and in the autumn bore rich fruit. The birds sat on the trees and sang so sweetly that the children used to stop their games in order to listen to them. 'How happy we are here!' they cried to each other.

One day the Giant came back. He had been to visit his friend the Cornish ogre, and had stayed with him for seven years. After the seven years were over he had said all that he had to say, for his conversation was limited, and he determined to return to his own castle. When he arrived he saw the children playing in the garden.

Tous les après-midi, quand ils revenaient de l'école, les enfants avaient l'habitude d'aller jouer dans le jardin du Géant.

C'était un grand et beau jardin, avec de l'herbe verte et douce. Ici et là de magnifiques fleurs sortaient de l'herbe comme des étoiles, et il y avait douze pêchers qui, au printemps, faisaient éclater de délicates fleurs dans les teintes rose et nacrée, et à l'automne se chargeaient de fruits lourds. Les oiseaux se perchaient sur les arbres et chantaient de façon si suave que les enfants arrêtaient leurs jeux pour les écouter. « Comme nous sommes heureux ici ! » se lançaient-ils l'un à l'autre.

Un jour le Géant revint. Il était allé rendre visite à son ami l'ogre de Cornouaille, et était resté chez lui sept ans. Au bout de la septième année il avait dit tout ce qu'il avait à dire, car il n'avait guère de conversation, et il se résolut à revenir dans son château. À son arrivée, il découvrit les enfants qui jouaient dans le jardin.

'What are you doing here?' he cried in a very gruff voice, and the children ran away.

'My own garden is my own garden,' said the Giant; 'any one can understand that, and I will allow nobody to play in it but myself.' So he built a high wall all round it, and put up a notice-board.

TRESPASSERS
WILL BE
PROSECUTED

He was a very selfish Giant.

The poor children had now nowhere to play. They tried to play on the road, but the road was very dusty and full of hard stones, and they did not like it. They used to wander round the high wall when their lessons were over, and talk about the beautiful garden inside.

'How happy we were there,' they said to each other.

Then the Spring came, and all over the country there were little blossoms and little birds. Only in the garden of the Selfish Giant it was still Winter. The birds did not care to sing in it as there were no children, and the trees forgot to blossom. Once a beautiful flower put its head out from the grass, but when it saw the notice-board it was so sorry for the children that it slipped back into the ground again, and went off to sleep. The only people who were pleased were the Snow and the Frost.

« Que faites-vous ici ? » s'écria-t-il d'une voix fort courroucée, et les enfants s'enfuirent.

« Mon jardin est à moi, dit le Géant, tout le monde peut comprendre cela, et je ne laisserai personne y jouer que moi. » Aussi construisit-il un haut mur tout autour du jardin. Il installa aussi un écriteau.

DÉFENSE D'ENTRER
LES CONTREVENANTS SERONT POURSUIVIS

C'était un Géant très égoïste.

Les pauvres enfants n'avaient nulle part où jouer. Ils essayaient de jouer sur la route, mais la route était très poussiéreuse et pleine de pierres dures, et cela ne leur plaisait pas. Ils avaient l'habitude d'errer près du haut mur lorsque leurs leçons étaient finies, et de parler du beau jardin qui se trouvait derrière.

« Comme nous y étions heureux », se disaient-ils les uns aux autres.

Puis vint le Printemps, et tout le pays se couvrit de fleurs menues et de petits oiseaux. Dans le seul jardin du Géant égoïste, c'était encore l'hiver. Les oiseaux ne se souciaient pas d'y chanter puisqu'il n'y avait plus d'enfants, et les arbres oubliaient de fleurir. Un jour, une fleur magnifique sortit la tête de l'herbe, mais quand elle vit l'écriteau elle fut si triste pour les enfants qu'elle se laissa bien vite glisser de nouveau sous terre et s'en alla dormir. Les seuls à se réjouir étaient la Neige et le Gel.

'Spring has forgotten this garden,' they cried, 'so we will live here all the year round.' The Snow covered up the grass with her great white cloak, and the Frost painted all the trees silver. Then they invited the North Wind to stay with them, and he came. He was wrapped in furs, and he roared all day about the garden, and blew the chimney-pots down. 'This is a delightful spot,' he said, 'we must ask the Hail on a visit.' So the Hail came. Every day for three hours he rattled on the roof of the castle till he broke most of the slates, and then he ran round and round the garden as fast as he could go. He was dressed in grey, and his breath was like ice.

'I cannot understand why the Spring is so late in coming,' said the Selfish Giant, as he sat at the window and looked out at his cold white garden; 'I hope there will be a change in the weather.'

But the Spring never came, nor the Summer. The Autumn gave golden fruit to every garden, but to the Giant's garden she gave none. 'He is too selfish,' she said. So it was always Winter there, and the North Wind, and the Hail, and the Frost, and the Snow danced about through the trees.

One morning the Giant was lying awake in bed when he heard some lovely music. It sounded so sweet to his ears that he thought it must be the King's musicians passing by. It was really only a little linnet singing outside his window,

1 Couverture du *Prince Heureux* conçue par Jacomb Hood, 1888.

2 « *Au sommet d'une haute colonne, dominant la ville, se dressait la statue du Prince Heureux.* »

3 Illustration pour *Le Prince Heureux*
par Walter Crane, 1888.

« *Sous la lumière de la lune, son visage était si beau que le petit martinet se sentit envahi de pitié.* »

4 Illustration pour *L'Insigne Pétard*
par Walter Crane, 1888.

2

4

5 Camille Pissarro, *Printemps. Pruniers en fleurs*,
dit : *Potager, arbres en fleurs, printemps, Pontoise*, 1877.

« *Les pauvres enfants n'avaient nulle part où jouer (...).
Ils avaient l'habitude d'errer près du haut mur lorsque leurs
leçons étaient finies, et de parler du beau jardin qui se
trouvait derrière.*

"Comme nous y étions heureux", *se disaient-ils les uns
aux autres.* »

6 Gravure tirée de « Schempart Buech », XVIe siècle.

« *Mon jardin est à moi, dit le Géant, tout le monde peut
comprendre cela, et je ne laisserai personne y jouer que moi.* »

« *C'était un Géant très égoïste.* »

7 Illustration pour *Le Rossignol et la Rose* par Jacomb Hood, 1888.

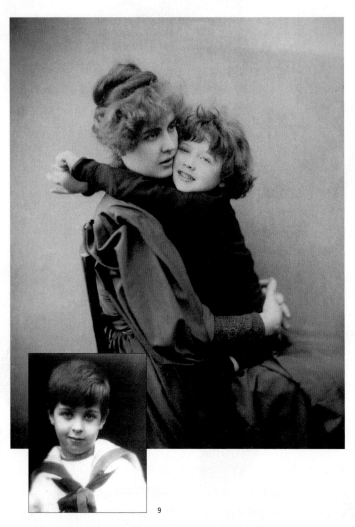

8

8 Constance, l'épouse d'Oscar Wilde, avec leur fils Cyril, vers 1889.

9 Vyvyan, leur fils cadet, vers 1890.

16, TITE STREET,
CHELSEA, S.W.

Dear Mr. Kersley.
I am very pleased that you like my stories — They are studies in prose, put for Romance's sake into a fanciful form: meant partly [...] have kept the childlike faculties of wonder and joy, and who find in simplicity a subtle strangeness. If you care to tea some Wednesday about 5. 30 I [...] will be charmed to write your name in the book. I hope your painting is going on all right.

truly yours
Oscar Wilde

10 Lettre écrite par Wilde au poète G. H. Kersley en juin 1888.

*« Je suis très heureux que mes contes vous plaisent.
Ce sont des rêveries en prose, mises par amour du romanesque
en une forme imaginaire, destinées en partie à ceux qui
ont gardé les facultés juvéniles d'émerveillement et de joie
et qui trouvent dans la simplicité un dépaysement subtil. »*

11 Oscar Wilde à l'époque du *Prince Heureux,* vers 1889.

« Le Printemps a oublié ce jardin, s'exclamaient-ils. Nous pourrons y vivre tout le long de l'année. » La Neige recouvrit l'herbe de son grand manteau blanc, et le Gel peignit tous les arbres couleur d'argent. Ils invitèrent alors le Vent du Nord à s'installer auprès d'eux, et il s'en vint. Il était enveloppé de fourrures. Tout le jour il rugit par tout le jardin, et il souffla toutes les souches de cheminée. « C'est un endroit délicieux, dit-il, il faut demander à la Grêle de nous rendre visite. » Et la Grêle s'en vint. Chaque jour elle crépita sur le toit du château pendant trois heures d'affilée, jusqu'à ce que la plupart des ardoises fussent brisées, puis elle courut tout autour du jardin du plus vite qu'elle put. Elle était vêtue de gris et son haleine était glacée.

« Je n'arrive pas à comprendre pourquoi le Printemps tarde tant à venir, dit le Géant égoïste en s'asseyant à la fenêtre et en contemplant son jardin froid et blanc. J'espère que le temps changera. »

Mais jamais le Printemps ne vint, ni l'Été. L'Automne porta des fruits d'or dans tous les jardins, sauf dans celui du Géant qui n'en reçut aucun. « Il est trop égoïste », dit-il. Aussi était-ce toujours l'Hiver en ce lieu. Le Vent du Nord, la Grêle, le Gel et la Neige dansaient autour des arbres.

Un matin que le Géant était éveillé dans son lit, il entendit une jolie musique. Elle sonnait si suavement à ses oreilles qu'il se dit que ce devaient être les musiciens du Roi qui passaient par là. Il ne s'agissait pourtant que d'une petite linotte pépiant sous sa fenêtre,

but it was so long since he had heard a bird sing in his garden that it seemed to him to be the most beautiful music in the world. Then the Hail stopped dancing over his head, and the North Wind ceased roaring, and a delicious perfume came to him through the open casement. 'I believe the Spring has come at last,' said the Giant; and he jumped out of bed and looked out.

What did he see?

He saw a most wonderful sight. Through a little hole in the wall the children had crept in, and they were sitting in the branches of the trees. In every tree that he could see there was a little child. And the trees were so glad to have the children back again that they had covered themselves with blossoms, and were waving their arms gently above the children's heads. The birds were flying about and twittering with delight, and the flowers were looking up through the green grass and laughing. It was a lovely scene, only in one corner it was still Winter. It was the farthest corner of the garden, and in it was standing a little boy. He was so small that he could not reach up to the branches of the tree, and he was wandering all round it, crying bitterly. The poor tree was still quite covered with frost and snow, and the North Wind was blowing and roaring above it. 'Climb up! little boy,' said the Tree, and it bent its branches down as low as it could; but the boy was too tiny.

mais il y avait si longtemps qu'il n'avait entendu un oiseau chanter dans son jardin qu'il lui sembla entendre la musique la plus belle du monde. Et la Grêle cessa de tambouriner au-dessus de sa tête, le Vent du Nord cessa de rugir, et un parfum délicieux parvint aux narines du Géant à travers la croisée ouverte. « Je crois que le Printemps a fini par arriver », dit le Géant en sautant du lit pour regarder au-dehors.

Que vit-il ?

Il vit un merveilleux spectacle. Les enfants avaient réussi à se faufiler à travers une étroite brèche dans le mur, et ils étaient perchés dans les branches des arbres. Aussi loin qu'il pouvait voir, sur chaque arbre se tenait un petit enfant. Trop heureux de leur retour, les arbres s'étaient couverts de fleurs et agitaient doucement les bras au-dessus de la tête des enfants. Les oiseaux voletaient alentour en gazouillant de bonheur, et sous les brins d'herbe verte les fleurs écarquillaient les yeux et riaient. C'était une scène charmante ; l'Hiver ne régnait plus que dans un coin du jardin. C'était le coin le plus éloigné, et un petit garçon s'y tenait. Il était de si petite taille qu'il ne pouvait atteindre les branches de l'arbre et errait tout autour en pleurant amèrement. Le pauvre arbre était encore tout couvert de givre et de neige, et au-dessus de lui soufflait et rugissait le Vent du Nord. « Monte ! petit garçon », disait l'Arbre en baissant ses branches du plus qu'il pouvait, mais le petit garçon était trop minuscule.

And the Giant's heart melted as he looked out. 'How selfish I have been!' he said; 'now I know why the Spring would not come here. I will put that poor little boy on the top of the tree, and then I will knock down the wall, and my garden shall be the children's playground for ever and ever.' He was really very sorry for what he had done.

So he crept downstairs and opened the front door quite softly, and went out into the garden. But when the children saw him they were so frightened that they all ran away, and the garden became Winter again. Only the little boy did not run, for his eyes were so full of tears that he did not see the Giant coming. And the Giant stole up behind him and took him gently in his hand, and put him up into the tree. And the tree broke at once into blossom, and the birds came and sang on it, and the little boy stretched out his two arms and flung them round the Giant's neck, and kissed him. And the other children, when they saw that the Giant was not wicked any longer, came running back, and with them came the Spring. 'It is your garden now, little children,' said the Giant, and he took a great axe and knocked down the wall. And when the people were going to market at twelve o'clock they found the Giant playing with the children in the most beautiful garden they had ever seen.

All day long they played, and in the evening they came to the Giant to bid him good-bye.

Le cœur du Géant fondit à ce spectacle. « Comme j'ai été égoïste ! dit-il. À présent je sais pourquoi le Printemps refusait de venir ici. Je vais installer ce petit garçon en haut de l'arbre et abattre le mur afin que mon jardin serve de terrain de jeu aux enfants pour les siècles des siècles. » Il était vraiment désolé de ce qu'il avait fait.

Il descendit donc à pas comptés, ouvrit tout doucement la porte d'entrée et sortit dans le jardin. Mais quand les enfants l'aperçurent, ils furent saisis d'une telle peur qu'ils prirent tous la fuite et de nouveau l'Hiver régna en ce jardin. Le petit garçon fut le seul à ne pas s'enfuir car il avait les yeux si pleins de larmes qu'il ne vit pas le Géant s'avancer. Et le Géant s'approcha de lui sans faire de bruit, le prit doucement dans sa main et l'installa dans l'arbre. Aussitôt l'arbre se couvrit de fleurs, et les oiseaux vinrent y chanter. Le petit garçon ouvrit tout grands ses deux bras et se jeta au cou du Géant qu'il couvrit de baisers. Quand ils virent que le Géant n'était plus un méchant, les autres enfants revinrent en courant, et avec eux le Printemps s'en revint. « Petits enfants, c'est maintenant votre jardin », dit le Géant qui s'empara d'une énorme cognée et jeta bas le mur. Si bien que lorsque les gens se rendirent au marché, sur le coup de midi, ils découvrirent le Géant qui jouait avec les enfants dans le plus beau jardin qu'ils eussent jamais vu.

Tout le jour ils s'amusèrent, et le soir ils vinrent dire au revoir au Géant.

'But where is your little companion?' he said: 'the boy I put into the tree.' The Giant loved him the best because he had kissed him.

'We don't know,' answered the children; 'he has gone away.'

'You must tell him to be sure and come here to-morrow,' said the Giant. But the children said that they did not know where he lived, and had never seen him before; and the Giant felt very sad.

Every afternoon, when school was over, the children came and played with the Giant. But the little boy whom the Giant loved was never seen again. The Giant was very kind to all the children, yet he longed for his first little friend, and often spoke of him. 'How I would like to see him!' he used to say.

Years went over, and the Giant grew very old and feeble. He could not play about any more, so he sat in a huge armchair, and watched the children at their games, and admired his garden. 'I have many beautiful flowers,' he said; 'but the children are the most beautiful flowers of all.'

One winter morning he looked out of his window as he was dressing. He did not hate the Winter now, for he knew that it was merely the Spring asleep, and that the flowers were resting.

Suddenly he rubbed his eyes in wonder, and looked and looked. It certainly was a marvellous sight. In the farthest corner of the garden

« Mais où est votre petit compagnon, demanda-t-il, ce garçon que j'ai installé dans l'arbre ? » C'était le préféré du Géant parce qu'il l'avait embrassé.

« Nous l'ignorons, répondirent les enfants. Il est parti.

— Il faut lui dire de revenir demain sans faute », reprit le Géant. Mais les enfants ne savaient pas où il habitait, ils ne l'avaient jamais vu auparavant. Et le Géant se sentit bien triste.

Tous les après-midi, lorsque l'école était finie, les enfants venaient jouer avec le Géant. Mais plus jamais on ne vit le petit garçon que le Géant aimait. Le Géant était très aimable avec tous les enfants, et pourtant il se languissait de son premier petit ami et en parlait souvent. « Comme j'aimerais le voir ! » répétait-il.

Des années passèrent, et le Géant devint très vieux et très faible. Incapable de jouer tout son saoul, il restait assis dans un énorme fauteuil, à contempler les jeux des enfants et à admirer son jardin. « Je possède beaucoup de fleurs magnifiques, disait-il, mais les enfants sont les plus belles de toutes. »

Un matin d'hiver, il regarda par la fenêtre pendant qu'il s'habillait. Il ne détestait pas l'Hiver, sachant qu'il n'était autre que le sommeil du Printemps, et que les fleurs se reposaient.

Soudain, il se frotta les paupières de surprise et écarquilla les yeux. Il était stupéfait. Le spectacle avait quelque chose d'authentiquement prodigieux. Dans le coin le plus éloigné du jardin,

was a tree quite covered with lovely white blossoms. Its branches were all golden, and silver fruit hung down from them, and underneath it stood the little boy he had loved.

Downstairs ran the Giant in great joy, and out into the garden. He hastened across the grass, and came near to the child. And when he came quite close his face grew red with anger, and he said, 'Who hath dared to wound thee?' For on the palms of the child's hands were the prints of two nails, and the prints of two nails were on the little feet.

'Who hath dared to wound thee?' cried the Giant; 'tell me, that I may take my big sword and slay him.'

'Nay!' answered the child; 'but these are the wounds of Love.'

'Who art thou?' said the Giant, and a strange awe fell on him, and he knelt before the little child.

And the child smiled on the Giant, and said to him, 'You let me play once in your garden, to-day you shall come with me to my garden, which is Paradise.'

And when the children ran in that afternoon, they found the Giant lying dead under the tree, all covered with white blossoms.

un arbre était littéralement couvert de délicates fleurs blanches. Ses branches étaient dorées et chargées de fruits d'argent. Sous l'arbre se tenait le petit garçon qu'il avait aimé.

Tout joyeux, le Géant dévala l'escalier et sortit dans le jardin. Il se hâta de traverser le gazon et s'approcha de l'enfant. Lorsque le Géant fut tout près de lui, son visage s'empourpra de colère et il dit : « Qui a osé vous blesser ? » car les paumes de l'enfant montraient l'empreinte de deux clous, et l'empreinte de deux clous marquait ses petits pieds.

« Qui a osé vous blesser ? s'écria le Géant ; dites-le-moi, que je prenne ma grande épée et m'en aille le dépêcher.

— Non pas ! répondit l'enfant. Ce sont blessures d'Amour.

— Qui êtes-vous ? » demanda le Géant, saisi d'un étrange et respectueux effroi, et il s'agenouilla devant le petit enfant.

L'enfant sourit au Géant et lui dit : « Un jour tu m'as laissé jouer dans ton jardin, aujourd'hui tu m'accompagneras dans mon jardin, qui est le Paradis. »

Quand les enfants se ruèrent dans le jardin, cet après-midi-là, ils découvrirent le cadavre du Géant qui gisait sous l'arbre, tout couvert de fleurs blanches.

The Devoted Friend

L'Ami dévoué

One morning the old Water-rat put his head out of his hole. He had bright beady eyes and stiff grey whiskers, and his tail was like a long bit of black india-rubber. The little ducks were swimming about in the pond, looking just like a lot of yellow canaries, and their mother, who was pure white with real red legs, was trying to teach them how to stand on their heads in the water.

'You will never be in the best society unless you can stand on your heads,' she kept saying to them; and every now and then she showed them how it was done. But the little ducks paid no attention to her. They were so young that they did not know what an advantage it is to be in society at all.

'What disobedient children!' cried the old Water-rat; 'they really deserve to be drowned.'

'Nothing of the kind,' answered the Duck, 'every one must make a beginning, and parents cannot be too patient.'

Un matin, le vieux Mulot sortit la tête de son trou. Il avait les yeux brillants et globuleux, la moustache grise et roide, et sa queue semblait un long morceau de caoutchouc noir. Les petits canards qui nageaient de par l'étang avaient l'air d'une bande de canaris jaunes. Leur mère, qui était d'un blanc immaculé et avait les pattes d'un rouge parfait, tentait de leur enseigner l'art de se tenir debout sur la tête au milieu de l'eau.

« Jamais vous ne pourrez paraître dans le meilleur monde si vous ignorez comment vous tenir sur la tête », leur répétait-elle, et de temps à autre elle prêchait d'exemple. Mais les petits canards ne lui prêtaient aucune attention. Leur jeunesse les empêchait de comprendre qu'on puisse tirer un avantage quelconque de la fréquentation du monde.

« Quels enfants désobéissants ! s'écria le vieux Mulot, ils mériteraient d'être noyés.

— Que nenni, répondit la Cane, il faut un commencement à tout, et les parents doivent se montrer patients.

'Ah! I know nothing about the feelings of parents,' said the Water-rat; 'I am not a family man. In fact, I have never been married, and I never intend to be. Love is all very well in its way, but friendship is much higher. Indeed, I know of nothing in the world that is either nobler or rarer than a devoted friendship.'

'And what, pray, is your idea of the duties of a devoted friend?' asked a Green Linnet, who was sitting in a willow-tree hard by, and had overheard the conversation.

'Yes, that is just what I want to know,' said the Duck, and she swam away to the end of the pond, and stood upon her head, in order to give her children a good example.

'What a silly question!' cried the Water-rat. 'I should expect my devoted friend to be devoted to me, of course.'

'And what would you do in return?' said the little bird, swinging upon a silver spray, and flapping his tiny wings.

'I don't understand you,' answered the Water-rat.

'Let me tell you a story on the subject,' said the Linnet.

'Is the story about me?' asked the Water-rat. 'If so, I will listen to it, for I am extremely fond of fiction.'

'It is applicable to you,' answered the Linnet; and he flew down, and alighting upon the bank, he told the story of The Devoted Friend.

— Oh, j'ignore tout de ce que peuvent éprouver les parents, dit le Mulot. La famille, très peu pour moi! D'ailleurs, je ne me suis jamais marié et n'ai nullement l'intention de le faire. L'amour est une chose excellente, dans son genre, mais l'amitié appartient à une essence plus haute. Au vrai, je ne connais rien de plus noble ou de plus rare qu'une amitié dévouée.

— Et dis-moi, je te prie, quels sont à ton avis les devoirs d'un ami dévoué? demanda une linotte verte qui était perchée dans un saule tout proche et avait tout entendu.

— Oui, c'est exactement ce que j'entends savoir », renchérit la Cane. Là-dessus elle traversa tout l'étang et se tint la tête en bas afin de donner le bon exemple à ses enfants.

« Quelle question stupide! s'écria le Mulot. D'un ami dévoué j'attendrais qu'il me fût dévoué, cela va de soi.

— Et en retour, que lui donnerais-tu? demanda l'oiselet en se balançant sur un rameau d'argent et en agitant ses petites ailes.

— Je ne te comprends pas, répondit le Mulot.

— Avec ta permission, je m'en vais te conter une histoire à ce propos, dit la Linotte.

— C'est une histoire qui me concerne? demanda le Mulot. En ce cas je ne manquerai pas de l'écouter car j'ai un goût marqué pour la littérature.

— Elle peut s'appliquer à toi », répondit la Linotte qui prit son envol, se posa sur la rive et raconta l'histoire de l'Ami dévoué.

'Once upon a time,' said the Linnet, 'there was an honest little fellow named Hans.'

'Was he very distinguished?' asked the Water-rat.

'No,' answered the Linnet, 'I don't think he was distinguished at all, except for his kind heart, and his funny round good-humoured face. He lived in a tiny cottage all by himself, and every day he worked in his garden. In all the country-side there was no garden so lovely as his. Sweet-william grew there, and Gilly-flowers, and Shepherds'-purses, and Fair-maids of France. There were damask Roses, and yellow Roses, lilac Crocuses, and gold, purple Violets and white. Columbine and Lady-smock, Marjoram and Wild Basil, the Cowslip and the Flower-de-luce, the Daffodil and the Clove-Pink bloomed or blossomed in their proper order as the months went by, one flower taking another flower's place, so that there were always beautiful things to look at, and pleasant odours to smell.

'Little Hans had a great many friends, but the most devoted friend of all was big Hugh the Miller. Indeed, so devoted was the rich Miller to little Hans, that he would never go by his garden without leaning over the wall and plucking a large nosegay, or a handful of sweet herbs, or filling his pockets with plums and cherries if it was the fruit season.

'"Real friends should have everything in common," the Miller used to say, and little Hans nodded and smiled, and felt very proud of having a friend with such noble ideas.

« Il était une fois, dit la Linotte, un honnête petit gars qui s'appelait Hans.

— Était-il fort distingué ? demanda le Mulot.

— Non, répondit la Linotte, je crois qu'il ne se distinguait que par son bon cœur et sa drôle de bouille ronde et toujours de bonne humeur. Il vivait tout seul dans une maisonnette et travaillait tout le jour à son jardin. Il n'existait pas, dans tout le pays, jardin plus avenant. L'œillet de poète y poussait, et la giroflée, la bourse-à-pasteur et le perce-neige. On y trouvait des roses de Damas, des roses jaunes, des crocus lilas ou dorés, des violettes pourprées comme blanches. Les mois passant y éclosaient, ou fleurissaient, tour à tour, l'ancolie, la cardamine, la marjolaine et le basilic sauvage, le coucou et la fleur de lis, la jonquille et la mignardise. Une fleur remplaçait l'autre, si bien qu'on ne manquait jamais de belles choses à regarder, ni de doux parfums à humer.

« Le petit Hans avait de très nombreux amis, mais le plus dévoué de tous était le gros Hugh, le Meunier. Vrai, le riche Meunier était tellement dévoué envers le petit Hans que jamais il ne serait passé devant son jardin sans se pencher par-dessus le mur pour y cueillir un gros bouquet, une poignée d'herbes odoriférantes, ou se remplir les poches de prunes et de cerises pendant la saison des fruits.

« "De vrais amis devraient tout partager", avait l'habitude de dire le Meunier, et le petit Hans approuvait du chef en souriant, tout fier de posséder un ami aux idées si élevées.

'Sometimes, indeed, the neighbours thought it strange that the rich Miller never gave little Hans anything in return, though he had a hundred sacks of flour stored away in his mill, and six milch cows, and a large flock of woolly sheep; but Hans never troubled his head about these things, and nothing gave him greater pleasure than to listen to all the wonderful things the Miller used to say about the unselfishness of true friendship.

'So little Hans worked away in his garden. During the spring, the summer, and the autumn he was very happy, but when the winter came, and he had no fruit or flowers to bring to the market, he suffered a good deal from cold and hunger, and often had to go to bed without any supper but a few dried pears or some hard nuts. In the winter, also, he was extremely lonely, as the Miller never came to see him then.

'"There is no good in my going to see little Hans as long as the snow lasts," the Miller used to say to his wife, "for when people are in trouble they should be left alone, and not be bothered by visitors. That at least is my idea about friendship, and I am sure I am right. So I shall wait till the spring comes, and then I shall pay him a visit, and he will be able to give me a large basket of primroses, and that will make him so happy."

'"You are certainly very thoughtful about others," answered the Wife, as she sat in her comfortable armchair by the big pinewood fire; "very thoughtful indeed.

« Parfois, sans doute, les voisins trouvaient bizarre que le riche Meunier n'offrît jamais rien en retour au petit Hans, alors qu'il avait cent sacs de farine en son moulin, six vaches à lait et un gras troupeau de moutons laineux, mais Hans ne se mettait pas l'esprit à la torture et rien ne lui donnait plus de plaisir que d'écouter les merveilleux propos du Meunier quand il discourait de l'amitié véritable et désintéressée.

« Et le petit Hans continuait de travailler dans son jardin. Pendant le printemps, l'été et l'automne, il était très heureux, mais lorsque venait l'hiver, n'ayant ni fruit ni fleur à porter au marché, il souffrait énormément du froid et de la faim et devait souvent se coucher en n'ayant dîné que de quelques poires racornies et d'une poignée de noix dures. Durant l'hiver il était aussi très seul car jamais le Meunier ne venait le voir.

« "Tant que la neige est là, il ne rime à rien que j'aille voir le petit Hans, disait le Meunier à sa femme. Lorsqu'on a des ennuis, on veut rester tranquille. Les visites vous sont importunes. C'est en tout cas l'idée que je me fais de l'amitié, et je suis sûr d'avoir raison. J'attendrai donc le retour du printemps pour lui rendre visite. Il pourra m'offrir un gros panier de primevères, et cela lui fera grand plaisir.

« — Tu es décidément plein de sollicitude pour ton prochain, répondait l'épouse du Meunier, assise dans son confortable fauteuil, près d'un bon feu de bûches de pin, oui, plein de sollicitude.

It is quite a treat to hear you talk about friendship. I am sure the clergyman himself could not say such beautiful things as you do, though he does live in a three-storied house, and wears a gold ring on his little finger."

"'But could we not ask little Hans up here?" said the Miller's youngest son. "If poor Hans is in trouble I will give him half my porridge, and show him my white rabbits."

"'What a silly boy you are!" cried the Miller; "I really don't know what is the use of sending you to school. You seem not to learn anything. Why, if little Hans came up here, and saw our warm fire, and our good supper, and our great cask of red wine, he might get envious, and envy is a most terrible thing, and would spoil anybody's nature. I certainly will not allow Hans's nature to be spoiled. I am his best friend, and I will always watch over him, and see that he is not led into any temptations. Besides, if Hans came here, he might ask me to let him have some flour on credit, and that I could not do. Flour is one thing, and friendship is another, and they should not be confused. Why, the words are spelt differently, and mean quite different things. Everybody can see that."

"'How well you talk!" said the Miller's Wife, pouring herself out a large glass of warm ale; "really I feel quite drowsy. It is just like being in church."

C'est un bonheur de t'entendre parler de l'amitié. Je suis sûre que le curé lui-même ne pourrait rien trouver de plus beau à dire, malgré sa maison à trois étages et la bague d'or qu'il porte au petit doigt.

« — Ne pourrait-on prier le petit Hans de venir chez nous ? demanda le plus jeune fils du Meunier. Si le pauvre Hans a des soucis je lui donnerai la moitié de mon gruau et lui montrerai mes lapins blancs.

« — Quel bêta tu fais ! s'écria le Meunier. Vraiment je ne sais à quoi nous sert de t'envoyer à l'école. Tu n'apprends donc rien, à ce qu'il paraît. Mais enfin, si le petit Hans venait ici et voyait notre feu bien chaud, notre bon dîner et notre grand tonneau de vin rouge, il risquerait de devenir envieux. Or l'envie est une chose abominable qui gâte le caractère. Jamais je ne permettrai que le bon caractère de Hans soit gâté. Je suis son meilleur ami et je veillerai toujours à ce qu'il ne soit pas induit en tentation. D'ailleurs, si Hans venait ici, il pourrait me demander de lui donner de la farine à crédit, ce que je ne saurais faire. La farine est une chose, l'amitié une autre, qu'on ne saurait confondre. Quoi, ce sont mots différents qui veulent dire des choses bien différentes ! Tout le monde peut le constater.

« — Comme tu parles bien ! dit la femme du Meunier en se versant un grand verre de bière chaude, je me sens tout assoupie. On se croirait à l'église.

'"Lots of people act well," answered the Miller; "but very few people talk well, which shows that talking is much the more difficult thing of the two, and much the finer thing also;" and he looked sternly across the table at his little son, who felt so ashamed of himself that he hung his head down, and grew quite scarlet, and began to cry into his tea. However, he was so young that you must excuse him.'

'Is that the end of the story?' asked the Water-rat.

'Certainly not,' answered the Linnet, 'that is the beginning.'

'Then you are quite behind the age,' said the Water-rat. 'Every good story-teller nowadays starts with the end, and then goes on to the beginning, and concludes with the middle. That is the new method. I heard all about it the other day from a critic who was walking round the pond with a young man. He spoke of the matter at great length, and I am sure he must have been right, for he had blue spectacles and a bald head, and whenever the young man made any remark, he always answered "Pooh!" But pray go on with your story. I like the Miller immensely. I have all kinds of beautiful sentiments myself, so there is a great sympathy between us.'

'Well,' said the Linnet, hopping now on one leg and now on the other, 'as soon as the winter was over, and the primroses began to open their pale yellow stars, the Miller said to his wife that he would go down and see little Hans.

« — De belles actions, beaucoup de gens en font, répondit le Meunier, mais ils sont bien peu à connaître le beau langage, ce qui montre que la parole est plus difficile que l'action, et combien plus belle ! » Là-dessus il regarda sévèrement son petit garçon, de l'autre côté de la table, qui se sentit si honteux qu'il baissa la tête, devint tout rouge et se mit à pleurer dans sa tasse de thé. Mais il était si jeune qu'on peut lui pardonner. »

« Est-ce la fin de l'histoire ? demanda le Mulot.

— Certainement pas, répondit la Linotte. Ce n'est que le commencement.

— En ce cas tu n'es pas à la page, dit le Mulot. Aujourd'hui tout bon conteur commence par la fin, continue par le début et finit par le milieu. C'est la nouvelle méthode, je l'ai apprise l'autre jour d'un critique qui faisait le tour de l'étang en compagnie d'un jeune homme. Il parlait d'abondance et je suis sûr qu'il avait raison car il portait des lunettes bleues, avait le crâne chauve et répondait "peuh !" à toutes les observations du jeune homme. Mais je t'en prie, continue ton histoire. J'aime à la folie ce Meunier. Je regorge moi-même de beaux sentiments, si bien qu'il existe une sympathie entre nous.

— Eh bien, dit la Linotte en sautant d'une patte sur l'autre, dès que l'hiver fut terminé et que les primevères commencèrent à ouvrir leurs pâles étoiles jaunes, le Meunier dit à sa femme qu'il allait descendre voir le petit Hans.

"'Why, what a good heart you have!" cried his wife; "you are always thinking of others. And mind you take the big basket with you for the flowers."

'So the Miller tied the sails of the windmill together with a strong iron chain, and went down the hill with the basket on his arm.

"'Good morning, little Hans," said the Miller.

"'Good morning," said Hans, leaning on his spade, and smiling from ear to ear.

"'And how have you been all the winter?" said the Miller.

"'Well, really," cried Hans, "it is very good of you to ask, very good indeed. I am afraid I had rather a hard time of it, but now the spring has come, and I am quite happy, and all my flowers are doing well."

"'We often talked of you during the winter, Hans," said the Miller, "and wondered how you were getting on."

"'That was kind of you," said Hans; "I was half afraid you had forgotten me."

"'Hans, I am surprised at you," said the Miller; "friendship never forgets. That is the wonderful thing about it, but I am afraid you don't understand the poetry of life. How lovely your primroses are looking, by-the-bye!"

"'They are certainly very lovely," said Hans, "and it is a most lucky thing for me that I have so many. I am going to bring them into the market and sell them to the Burgomaster's daughter, and buy back my wheelbarrow with the money."

"'Buy back your wheelbarrow? You don't mean to say you have sold it? What a very stupid thing to do!"

« "Oh, le bon cœur ! s'écria sa femme. Tu penses toujours aux autres. N'oublie pas de prendre le gros panier pour les fleurs."

« Et le Meunier attacha solidement les ailes du moulin avec une chaîne de fer et descendit le coteau, son panier sous le bras.

« "Bonjour, petit Hans, dit le Meunier.

« — Bonjour, dit Hans en s'appuyant sur sa bêche et en souriant de toutes ses dents.

« — Et comment t'es-tu porté tout cet hiver ? demanda le Meunier.

« — Eh bien, vrai, s'écria Hans, comme c'est gentil à toi de le demander, très gentil, pour sûr ! Il a été plutôt pénible, je le crains, mais à présent le printemps est là, je suis fort heureux et les fleurs donnent bien.

« — Nous avons souvent parlé de toi pendant l'hiver, petit Hans, dit le Meunier. Nous nous demandions comment tu te débrouillais.

« — C'était bien de la bonté, dit Hans, j'avais un peu peur que tu m'aies oublié.

« — Hans, je suis étonné de ce que tu me dis, dit le Meunier, l'amitié n'oublie jamais. C'est ce qu'elle a de merveilleux, mais je crains que tu ne comprennes pas la poésie de la vie. À propos, tes primevères sont fort avenantes !

« — Sûr qu'elles sont jolies, dit Hans, et j'ai bien de la chance d'en avoir autant. Je m'en vais les porter au marché. Je les vendrai à la fille du Bourgmestre et je pourrai racheter ma brouette.

« — Racheter ta brouette ? Ne me dis pas que tu l'as vendue. Quelle sottise !

"'Well, the fact is," said Hans, "that I was obliged to. You see the winter was a very bad time for me, and I really had no money at all to buy bread with. So I first sold the silver buttons off my Sunday coat, and then I sold my silver chain, and then I sold my big pipe, and at last I sold my wheelbarrow. But I am going to buy them all back again now."

"'Hans," said the Miller, "I will give you my wheelbarrow. It is not in very good repair; indeed, one side is gone, and there is something wrong with the wheel-spokes; but in spite of that I will give it to you. I know it is very generous of me, and a great many people would think me extremely foolish for parting with it, but I am not like the rest of the world. I think that generosity is the essence of friendship, and, besides, I have got a new wheelbarrow for myself. Yes, you may set your mind at ease, I will give you my wheelbarrow."

"'Well, really, that is generous of you," said little Hans, and his funny round face glowed all over with pleasure. "I can easily put it in repair, as I have a plank of wood in the house."

"'A plank of wood!" said the Miller; "why, that is just what I want for the roof of my barn. There is a very large hole in it, and the corn will all get damp if I don't stop it up. How lucky you mentioned it! It is quite remarkable how one good action always breeds another. I have given you my wheelbarrow, and now you are going to give me your plank.

« — Eh bien, dit Hans, par le fait, j'ai été obligé. Tu vois, l'hiver a été une période très difficile pour moi et je n'avais vraiment plus de quoi acheter du pain. Alors j'ai vendu les boutons d'argent de mon habit du dimanche, puis ma chaîne d'argent, puis ma grosse pipe, et j'ai fini par vendre ma brouette. Mais je vais tout racheter à présent.

« — Hans, dit le Meunier, je vais te donner ma brouette. Elle n'est pas en parfait état, c'est entendu, un des côtés a disparu et il y a quelque chose qui cloche dans les rayons, mais je vais quand même te la donner. Je sais que c'est très généreux de ma part, et qu'aux yeux de bien des gens je commets une dangereuse folie en m'en séparant, mais je ne suis pas comme tout le monde. La générosité est essentielle à l'amitié, voilà ma conviction, et puis je possède une brouette neuve pour mon usage particulier. Allons, tu n'as plus besoin de te tracasser. Je vais te donner ma brouette.

« — Eh bien, vrai, c'est très généreux de ta part", dit le petit Hans, et sa drôle de bouille ronde rayonnait de plaisir. "Il me sera facile de la réparer car j'ai une planche de bois à la maison.

« — Une planche de bois ! dit le Meunier, mais c'est exactement ce dont j'ai besoin pour le toit de ma grange. Il y a un grand trou dedans et mon grain sera tout humide si je ne le bouche pas. Comme j'ai de la chance que tu en aies parlé ! Décidément une bonne action en entraîne toujours une autre, c'est remarquable. Je t'ai donné ma brouette, et maintenant tu vas me donner ta planche.

Of course, the wheelbarrow is worth far more than the plank, but true friendship never notices things like that. Pray get it at once, and I will set to work at my barn this very day."

"'Certainly,' cried little Hans, and he ran into the shed and dragged the plank out.

"'It is not a very big plank,' said the Miller, looking at it, "and I am afraid that after I have mended my barn-roof there won't be any left for you to mend the wheelbarrow with; but, of course, that is not my fault. And now, as I have given you my wheelbarrow, I am sure you would like to give me some flowers in return. Here is the basket, and mind you fill it quite full."

"'Quite full?' said little Hans, rather sorrowfully, for it was really a very big basket, and he knew that if he filled it he would have no flowers left for the market, and he was very anxious to get his silver buttons back.

"'Well, really,' answered the Miller, "as I have given you my wheelbarrow, I don't think that it is much to ask you for a few flowers. I may be wrong, but I should have thought that friendship, true friendship, was quite free from selfishness of any kind."

"'My dear friend, my best friend,' cried little Hans, "you are welcome to all the flowers in my garden. I would much sooner have your good opinion than my silver buttons, any day;" and he ran and plucked all his pretty primroses, and filled the Miller's basket.

Évidemment, la brouette vaut bien plus que la planche mais une amitié véritable ne s'arrête pas à ces détails. Va vite me la chercher, je te prie, comme cela je pourrai commencer à travailler à ma grange dès aujourd'hui.

« — Bien sûr", s'écria le petit Hans qui se précipita dans la remise et en sortit la planche.

« "Ce n'est pas une très grosse planche, dit le Meunier en la regardant. J'ai peur qu'il ne te reste rien pour réparer ma brouette lorsque mon toit sera réparé. Mais enfin je n'y suis pour rien. Et comme je t'ai donné ma brouette, je suis sûr que tu voudras m'offrir quelques fleurs en échange. Voici le panier. Remplis-le à ras bord.

« — À ras bord?" demanda le petit Hans fort tristement, car c'était vraiment un très gros panier, et il se rendait compte que s'il le remplissait il ne lui resterait plus de fleurs à porter au marché. Or il avait grande envie de récupérer ses boutons d'argent.

« "Allons, répondit le Meunier, je t'ai donné ma brouette et je ne crois pas exagérer en te demandant quelques fleurs. Je peux me tromper, mais j'aurais pensé que l'amitié, l'amitié véritable, n'avait que faire des égoïsmes de toute espèce.

« — Mon cher ami, mon meilleur ami, s'écria le petit Hans, toutes les fleurs de mon jardin sont à toi. Que pèsent mes boutons d'argent à côté de ta bonne opinion?" Et il se dépêcha de cueillir ses jolies primevères pour remplir le panier du Meunier.

'"Good-bye, little Hans," said the Miller, as he went up the hill with the plank on his shoulder, and the big basket in his hand.

'"Good-bye," said little Hans, and he began to dig away quite merrily, he was so pleased about the wheelbarrow.

'The next day he was nailing up some honey-suckle against the porch, when he heard the Miller's voice calling to him from the road. So he jumped off the ladder, and ran down the garden, and looked over the wall.

'There was the Miller with a large sack of flour on his back.

'"Dear little Hans," said the Miller, "would you mind carrying this sack of flour for me to market?"

'"Oh, I am so sorry," said Hans, "but I am really very busy to-day. I have got all my creepers to nail up, and all my flowers to water, and all my grass to roll."

'"Well, really," said the Miller, "I think that, considering that I am going to give you my wheel-barrow, it is rather unfriendly of you to refuse."

'"Oh, don't say that," cried little Hans, "I wouldn't be unfriendly for the whole world;" and he ran in for his cap, and trudged off with the big sack on his shoulders.

'It was a very hot day, and the road was terribly dusty, and before Hans had reached the sixth mile-stone he was so tired that he had to sit down and rest. However, he went on bravely,

« "Au revoir, petit Hans, dit le Meunier tout en remontant le coteau, la planche sur l'épaule et le gros panier à la main.

« Au revoir", dit le petit Hans qui se remit à bêcher tout gaiement. Comme il était content de sa brouette !

« Le lendemain, alors qu'il clouait des tiges de chèvrefeuille sur le porche, il entendit la voix du Meunier qui l'appelait depuis la route. Il sauta donc au bas de son échelle, traversa le jardin en courant et regarda par-dessus le mur.

« Le Meunier portait sur l'épaule un gros sac de farine.

« "Cher petit Hans, dit le Meunier, cela te dérangerait-il de me porter ce sac de farine au marché ?

« — Oh, je suis désolé, dit Hans, mais je suis vraiment très occupé aujourd'hui. J'ai toutes mes plantes grimpantes à clouer, toutes mes fleurs à arroser, et je dois passer mon gazon au rouleau.

« — Allons, dit le Meunier, il me semble peu amical de refuser alors que je vais te donner ma brouette.

« — Oh, ne dis pas cela, pour rien au monde je ne voudrais être inamical !" s'écria le petit Hans qui courut chercher son bonnet et partit en titubant sous le poids du gros sac.

« C'était une journée des plus chaudes, et la route était terriblement poudreuse. Avant d'avoir atteint la sixième borne, Hans était si fatigué qu'il dut s'asseoir pour prendre un peu de repos. Mais il n'en continua pas moins bravement son chemin,

and at last he reached the market. After he had waited there some time, he sold the sack of flour for a very good price, and then he returned home at once, for he was afraid that if he stopped too late he might meet some robbers on the way.

'"It has certainly been a hard day," said little Hans to himself as he was going to bed, "but I am glad I did not refuse the Miller, for he is my best friend, and, besides, he is going to give me his wheelbarrow."

'Early the next morning the Miller came down to get the money for his sack of flour, but little Hans was so tired that he was still in bed.

'"Upon my word," said the Miller, "you are very lazy. Really, considering that I am going to give you my wheelbarrow, I think you might work harder. Idleness is a great sin, and I certainly don't like any of my friends to be idle or sluggish. You must not mind my speaking quite plainly to you. Of course I should not dream of doing so if I were not your friend. But what is the good of friendship if one cannot say exactly what one means? Anybody can say charming things and try to please and to flatter, but a true friend always says unpleasant things, and does not mind giving pain. Indeed, if he is a really true friend he prefers it, for he knows that then he is doing good."

'"I am very sorry," said little Hans, rubbing his eyes and pulling off his night-cap, "but I was so tired that I thought I would lie in bed for a little time, and listen to the birds singing.

et il finit par arriver au marché. Après avoir attendu quelque temps, il vendit le sac de blé pour un excellent prix et se hâta de rentrer chez lui car il craignait de rencontrer des bandits s'il s'attardait.

« "La journée a été rude, se dit le petit Hans en allant se coucher, mais je suis content de ne pas avoir dit non au Meunier. C'est mon meilleur ami, et puis il va me donner sa brouette."

« Tôt le lendemain matin, le Meunier vint chercher l'argent de son sac de farine, mais le petit Hans était si las qu'il était encore au lit.

« "Par ma foi, dit le Meunier, tu es bien fainéant. Allons, quand on pense que je vais te donner ma brouette, je trouve que tu devrais travailler davantage. L'oisiveté est un grand péché, et certainement je ne voudrais pas d'amis oisifs ou paresseux. Tu n'as pas à te formaliser que je te parle avec pareille franchise. Je ne songerais pas à le faire si je n'étais pas ton ami. Mais à quoi bon être amis si l'on ne peut pas dire précisément ce qu'on pense ? C'est à la portée de tout le monde de dire des choses charmantes, d'user de séduction et de flatterie, mais un ami véritable dit des choses désagréables et ne se laisse pas arrêter par l'idée qu'il risque de faire de la peine. En vérité, si c'est pour de bon un ami véritable, il préférera causer de la peine car il sait qu'il accomplit alors une bonne action.

« — Je suis bien désolé, dit le petit Hans en se frottant les yeux et en retirant son bonnet de nuit, mais j'étais si las que j'ai pensé rester au lit un petit moment pour écouter le chant des oiseaux.

Do you know that I always work better after hearing the birds sing?"

"'Well, I am glad of that," said the Miller, clapping little Hans on the back, "for I want you to come up to the mill as soon as you are dressed, and mend my barn-roof for me."

'Poor little Hans was very anxious to go and work in his garden, for his flowers had not been watered for two days, but he did not like to refuse the Miller, as he was such a good friend to him.

"'Do you think it would be unfriendly of me if I said I was busy?" he inquired in a shy and timid voice.

"'Well, really," answered the Miller, "I do not think it is much to ask of you, considering that I am going to give you my wheelbarrow; but of course if you refuse I will go and do it myself."

"'Oh! on no account," cried little Hans; and he jumped out of bed, and dressed himself, and went up to the barn.

'He worked there all day long, till sunset, and at sunset the Miller came to see how he was getting on.

"'Have you mended the hole in the roof yet, little Hans?" cried the Miller in a cheery voice.

"'It is quite mended," answered little Hans, coming down the ladder.

"'Ah!" said the Miller, "there is no work so delightful as the work one does for others."

Sais-tu que je travaille toujours mieux après avoir entendu les oiseaux chanter?

« — Eh bien, je suis heureux de l'apprendre, dit le Meunier qui donna une claque dans le dos du petit Hans, car je veux que tu montes au moulin dès que tu seras habillé et que tu répares le toit de ma grange."

« Le pauvre petit Hans avait grande envie de s'en aller travailler dans son jardin car ses fleurs n'avaient pas été arrosées depuis deux jours, mais il n'aimait pas dire non au Meunier. C'était un si bon ami.

« "Crois-tu que ce serait inamical de ma part de refuser? s'enquit-il d'une petite voix timide.

« — Allons, répondit le Meunier, je ne crois pas que ce soit beaucoup te demander quand on pense que je vais te donner ma brouette. Bien sûr, si tu refuses, j'irai m'en occuper moi-même.

« — Oh, il n'en est pas question", s'écria le petit Hans qui sauta du lit, s'habilla et monta jusqu'à la grange.

« Tout le jour il s'affaira, jusqu'au crépuscule, et au crépuscule le Meunier vint voir comment il se débrouillait.

« "As-tu déjà réparé le trou du toit, petit Hans? lança le Meunier d'une voix joviale.

« — Il est tout réparé, répondit le petit Hans en descendant de l'échelle.

« — Ah, dit le Meunier, il n'est pas de travail plus délicieux que celui que l'on accomplit pour les autres.

"'It is certainly a great privilege to hear you talk," answered little Hans, sitting down and wiping his forehead, "a very great privilege. But I am afraid I shall never have such beautiful ideas as you have."

"'Oh! they will come to you," said the Miller, "but you must take more pains. At present you have only the practice of friendship; some day you will have the theory also."

"'Do you really think I shall?" asked little Hans.

"'I have no doubt of it," answered the Miller; "but now that you have mended the roof, you had better go home and rest, for I want you to drive my sheep to the mountain to-morrow."

'Poor little Hans was afraid to say anything to this, and early the next morning the Miller brought his sheep round to the cottage, and Hans started off with them to the mountain. It took him the whole day to get there and back; and when he returned he was so tired that he went off to sleep in his chair, and did not wake up till it was broad daylight.

"'What a delightful time I shall have in my garden," he said, and he went to work at once.

'But somehow he was never able to look after his flowers at all, for his friend the Miller was always coming round and sending him off on long errands, or getting him to help at the mill.

« — C'est en vérité un grand privilège que de t'entendre parler, répondit le petit Hans qui s'assit et s'épongea le front, un très grand privilège. Mais je crains qu'il ne me vienne jamais de belles idées comme à toi.

« — Oh! elles te viendront, dit le Meunier, mais tu devras te donner plus de mal. Aujourd'hui tu te contentes de pratiquer l'amitié, un jour tu pourras en faire aussi la théorie.

« — Crois-tu vraiment que j'y arriverai? demanda le petit Hans.

« — Je n'ai aucun doute là-dessus, répondit le Meunier, mais à présent que tu as réparé le toit tu devrais rentrer chez toi te reposer, car je veux que demain tu conduises mes moutons dans la montagne."

« Le pauvre petit Hans avait trop peur pour objecter quoi que ce soit. Le lendemain matin, de bonne heure, le Meunier conduisit ses moutons à la maisonnette et le petit Hans partit avec eux dans la montagne. Il lui fallut toute une journée pour faire l'aller-retour; lorsqu'il s'en revint, il était si fatigué qu'il s'endormit dans son fauteuil et ne se réveilla pas avant qu'il fît grand jour.

« "Quels agréables moments je vais passer dans mon jardin", dit-il, et il partit travailler sans délai.

« Mais jamais il ne put s'occuper de ses fleurs le moins du monde, car son ami le Meunier ne cessait de passer le voir pour l'envoyer faire des courses lointaines, ou lui demander de l'aider au moulin.

Little Hans was very much distressed at times, as he was afraid his flowers would think he had forgotten them, but he consoled himself by the reflection that the Miller was his best friend. "Besides," he used to say, "he is going to give me his wheelbarrow, and that is an act of pure generosity."

'So little Hans worked away for the Miller, and the Miller said all kinds of beautiful things about friendship, which Hans took down in a note-book, and used to read over at night, for he was a very good scholar.

'Now it happened that one evening little Hans was sitting by his fireside when a loud rap came at the door. It was a very wild night, and the wind was blowing and roaring round the house so terribly that at first he thought it was merely the storm. But a second rap came, and then a third, louder than either of the others.

'"It is some poor traveller," said little Hans to himself, and he ran to the door.

'There stood the Miller with a lantern in one hand and a big stick in the other.

'"Dear little Hans," cried the Miller, "I am in great trouble. My little boy has fallen off a ladder and hurt himself, and I am going for the Doctor. But he lives so far away, and it is such a bad night, that it has just occurred to me that it would be much better if you went instead of me. You know I am going to give you my wheelbarrow, and so it is only fair that you should do something for me in return."

Il arrivait au petit Hans d'être très découragé, car il craignait que ses fleurs n'imaginent qu'il les avait oubliées, mais il se consolait en songeant que le Meunier était son meilleur ami. "D'ailleurs, avait-il l'habitude de dire, il va me donner sa brouette, et cela c'est un acte de pure générosité."

« Et le petit Hans besogna pour le Meunier, et le Meunier proféra toutes sortes de déclarations magnifiques à propos de l'amitié. Hans les notait dans un carnet et se les lisait le soir, car il était un très bon élève.

« Or il advint qu'un soir le petit Hans était assis au coin de son feu quand un grand bruit se fit entendre à la porte. Cette nuit-là, tout était déchaîné : le vent soufflait et hurlait si furieusement autour de la maison qu'au début il avait pensé qu'il s'agissait simplement de la tempête. Mais il y eut un second coup, puis un troisième, encore plus fort qu'aucun des autres.

« "Ce sera quelque malheureux voyageur", se dit le petit Hans, et il courut à la porte.

« Une lanterne dans une main, un bâton dans l'autre, c'était le Meunier qui se trouvait là.

« "Cher petit Hans, s'écria le Meunier, j'ai bien du souci. Mon petit garçon est tombé d'une échelle et s'est blessé. Je vais quérir le Médecin. Mais il habite si loin, et la nuit est si mauvaise qu'il m'est tout juste venu l'idée que tu devrais y aller à ma place. Je vais te donner ma brouette, tu le sais, et il n'est que trop juste que tu fasses à ton tour quelque chose pour moi.

"'Certainly,'" cried little Hans, "I take it quite as a compliment your coming to me, and I will start off at once. But you must lend me your lantern, as the night is so dark that I am afraid I might fall into the ditch."

"'I am very sorry,'" answered the Miller, "but it is my new lantern, and it would be a great loss to me if anything happened to it."

"'Well, never mind, I will do without it,'" cried little Hans, and he took down his great fur coat, and his warm scarlet cap, and tied a muffler round his throat, and started off.

'What a dreadful storm it was! The night was so black that little Hans could hardly see, and the wind was so strong that he could scarcely stand. However, he was very courageous, and after he had been walking about three hours, he arrived at the Doctor's house, and knocked at the door.

"'Who is there?'" cried the Doctor, putting his head out of his bedroom window.

"'Little Hans, Doctor.'"

"'What do you want, little Hans?'"

"'The Miller's son has fallen from a ladder, and has hurt himself, and the Miller wants you to come at once.'"

"'All right!'" said the Doctor; and he ordered his horse, and his big boots, and his lantern, and came downstairs, and rode off in the direction of the Miller's house, little Hans trudging behind him.

« — Bien sûr, s'écria le petit Hans, je me sens fort honoré que tu sois venu me voir. Je vais me mettre en route à l'instant. Mais il faut que tu me prêtes ta lanterne car la nuit est si noire que je crains de tomber dans le fossé.

« — Je suis bien désolé, répondit le Meunier, mais c'est ma lanterne neuve et ce serait pour moi une grande perte s'il lui arrivait quoi que ce soit.

« — Eh bien tant pis, je me débrouillerai sans elle", s'écria le petit Hans qui décrocha son grand manteau de fourrure et son bonnet écarlate bien chaud, se noua un cache-nez autour du cou et prit son départ.

« Quelle tempête épouvantable c'était ! La nuit était si noire que le petit Hans y voyait à peine, et le vent soufflait si fort qu'il pouvait à peine se tenir debout. Mais comme il était plein de courage, au bout de trois heures de marche il parvint à la maison du Médecin et frappa à la porte.

« "Qui va là ? s'écria le Médecin qui passa la tête par la fenêtre de sa chambre.

« — Le petit Hans, Docteur.

« — Qu'est-ce que tu veux, petit Hans ?

« — Le fils du Meunier est tombé d'une échelle et s'est fait mal. Le Meunier vous demande de venir tout de suite.

« — D'accord", dit le Médecin qui donna des ordres pour qu'on lui amenât son cheval, ses grandes bottes et sa lanterne, descendit l'escalier et partit au galop en direction de la maison du Meunier tandis que le petit Hans pataugeait derrière lui.

'But the storm grew worse and worse, and the rain fell in torrents, and little Hans could not see where he was going, or keep up with the horse. At last he lost his way, and wandered off on the moor, which was a very dangerous place, as it was full of deep holes, and there poor little Hans was drowned. His body was found the next day by some goatherds, floating in a great pool of water, and was brought back by them to the cottage.

'Everybody went to little Hans's funeral, as he was so popular, and the Miller was the chief mourner.

'"As I was his best friend," said the Miller, "it is only fair that I should have the best place;" so he walked at the head of the procession in a long black cloak, and every now and then he wiped his eyes with a big pocket-handkerchief.

'"Little Hans is certainly a great loss to every one," said the Blacksmith, when the funeral was over, and they were all seated comfortably in the inn, drinking spiced wine and eating sweet cakes.

'"A great loss to me at any rate," answered the Miller; "why, I had as good as given him my wheelbarrow, and now I really don't know what to do with it. It is very much in my way at home, and it is in such bad repair that I could not get anything for it if I sold it. I will certainly take care not to give away anything again. One always suffers for being generous."'

'Well?' said the Water-rat, after a long pause.

« Mais la tempête redoubla de violence, la pluie se mit à tomber en trombes, et le petit Hans ne réussit plus à distinguer le chemin ni à suivre le cheval. Au bout du compte il se perdit et erra de par la lande, endroit fort dangereux car on y trouvait en abondance des fondrières où il finit par se noyer. Des chevriers découvrirent le lendemain son cadavre qui flottait dans une grande mare, et ils le rapportèrent à la maisonnette.

« Tout le monde se rendit aux funérailles du petit Hans, tant il était aimé, et le Meunier menait le deuil.

« "C'était mon meilleur ami, avait dit le Meunier, il n'est que trop juste de me donner la meilleure place" ; et, drapé dans un long manteau noir, il avait gagné la tête de la procession. De temps à autre il s'essuyait les yeux à l'aide d'un grand mouchoir de poche.

« "C'est une grande perte pour tout le monde que la mort du petit Hans", dit le Forgeron lorsque, la cérémonie terminée, tout le monde se fut confortablement installé à l'auberge pour boire du vin épicé et manger des gâteaux sucrés.

« "Une grande perte pour moi, en tout cas, répondit le Meunier. Eh quoi, je lui avais pratiquement donné ma brouette et je ne sais vraiment plus qu'en faire. Elle ne fait que m'encombrer à la maison, et elle est en si mauvais état que je n'en tirerais pas un liard. Dorénavant je me garderai bien de rien donner. On souffre toujours de sa générosité." »

« Et alors ? dit le Mulot après un long silence.

'Well, that is the end,' said the Linnet.

'But what became of the Miller?' asked the Water-rat.

'Oh! I really don't know,' replied the Linnet; 'and I am sure that I don't care.'

'It is quite evident then that you have no sympathy in your nature,' said the Water-rat.

'I am afraid you don't quite see the moral of the story,' remarked the Linnet.

'The what?' screamed the Water-rat.

'The moral.'

'Do you mean to say that the story has a moral?'

'Certainly,' said the Linnet.

'Well, really,' said the Water-rat, in a very angry manner, 'I think you should have told me that before you began. If you had done so, I certainly would not have listened to you; in fact, I should have said "Pooh," like the critic. However, I can say it now;' so he shouted out 'Pooh' at the top of his voice, gave a whisk with his tail, and went back into his hole.

'And how do you like the Water-rat?' asked the Duck, who came paddling up some minutes afterwards. 'He has a great many good points, but for my own part I have a mother's feelings, and I can never look at a confirmed bachelor without the tears coming into my eyes.'

'I am rather afraid that I have annoyed him,' answered the Linnet. 'The fact is, that I told him a story with a moral.'

'Ah! that is always a very dangerous thing to do,' said the Duck.

And I quite agree with her.

— Et alors, c'est la fin, dit la Linotte.

— Mais qu'est-il advenu du Meunier ? demanda le Mulot.

— Oh, je n'en sais vraiment rien, répondit la Linotte, et à vrai dire je m'en moque.

— La compassion, décidément, n'est pas dans ta nature, dit le Mulot.

— Je crains que tu n'aies pas bien saisi la morale de l'histoire, remarqua la Linotte.

— La quoi ? hurla le Mulot.

— La morale.

— Tu veux dire que l'histoire a une morale ?

— Évidemment, dit la Linotte.

— Eh bien, vrai, dit le Mulot du ton du courroux le plus vif, j'estime que tu aurais dû m'en prévenir avant de commencer. Si tu l'avais fait je ne t'aurais sûrement pas écoutée ; comme le critique, j'aurais même dit "peuh". Mais je peux encore le faire » ; et de toutes ses forces il cria « peuh », agita le bout de sa queue et retourna dans son trou.

« Et comment trouves-tu le Mulot ? » demanda la Cane qui, quelques minutes plus tard, arriva en nageant. « Il a bien des qualités, mais avant tout je suis mère et mes yeux s'emplissent toujours de larmes à la vue d'un célibataire endurci.

— J'ai bien peur de l'avoir froissé, répondit la Linotte. Le fait est que je lui ai conté une histoire qui a une morale.

— C'est toujours un grand risque », dit la Cane.

Et je suis bien d'accord avec elle.

The Remarkable Rocket
L'Insigne Pétard

The King's son was going to be married, so there were general rejoicings. He had waited a whole year for his bride, and at last she had arrived. She was a Russian Princess, and had driven all the way from Finland in a sledge drawn by six reindeer. The sledge was shaped like a great golden swan, and between the swan's wings lay the little Princess herself. Her long ermine cloak reached right down to her feet, on her head was a tiny cap of silver tissue, and she was as pale as the Snow Palace in which she had always lived. So pale was she that as she drove through the streets all the people wondered. 'She is like a white rose!' they cried, and they threw down flowers on her from the balconies.

At the gate of the Castle the Prince was waiting to receive her. He had dreamy violet eyes, and his hair was like fine gold. When he saw her he sank upon one knee, and kissed her hand.

'Your picture was beautiful,' he murmured, 'but you are more beautiful than your picture;' and the little Princess blushed.

Le fils du Roi s'allant marier, les réjouissances étaient générales. Il avait attendu toute une année sa fiancée qui venait enfin d'arriver. C'était une Princesse russe, et depuis la Finlande elle avait fait toute la route dans un traîneau attelé de six rennes. Le traîneau avait la forme d'un grand cygne doré entre les ailes duquel reposait la petite Princesse en personne. Son long manteau d'hermine lui descendait jusqu'aux pieds, elle portait sur la tête une minuscule toque d'étoffe argentée, et elle avait la pâleur du palais de Neige où s'était déroulée toute son existence. Elle était si pâle que tous les badauds s'émerveillaient à son passage. « On dirait une rose blanche ! » s'écriaient-ils en lui lançant des fleurs depuis les balcons.

À la porte du château, le Prince attendait de la recevoir. Il avait des yeux violets de rêveur, et ses cheveux paraissaient d'or fin. Quand il la vit, il mit un genou en terre et lui baisa la main.

« Votre portrait était beau, murmura-t-il, mais vous êtes plus belle que votre portrait » ; la petite Princesse rougit.

'She was like a white rose before,' said a young Page to his neighbour, 'but she is like a red rose now;' and the whole Court was delighted.

For the next three days everybody went about saying, 'White rose, Red rose, Red rose, White rose;' and the King gave orders that the Page's salary was to be doubled. As he received no salary at all this was not of much use to him, but it was considered a great honour, and was duly published in the Court Gazette.

When the three days were over the marriage was celebrated. It was a magnificent ceremony, and the bride and bridegroom walked hand in hand under a canopy of purple velvet embroidered with little pearls. Then there was a State Banquet, which lasted for five hours. The Prince and Princess sat at the top of the Great Hall and drank out of a cup of clear crystal. Only true lovers could drink out of this cup, for if false lips touched it, it grew grey and dull and cloudy.

'It is quite clear that they love each other,' said the little Page, 'as clear as crystal!' and the King doubled his salary a second time. 'What an honour!' cried all the courtiers.

After the banquet there was to be a Ball. The bride and bridegroom were to dance the Rose-dance together, and the King had promised to play the flute. He played very badly, but no one had ever dared to tell him so, because he was the King. Indeed, he only knew two airs, and was never quite certain which one he was playing;

« Avant, elle ressemblait à une rose blanche, dit un jeune page à son voisin, mais c'est une rose rouge à présent » ; la Cour entière en fut transportée d'aise.

Pendant les trois jours suivants, tout le monde allait répétant : « Rose blanche, Rose rouge, Rose rouge, Rose blanche » ; le Roi donna l'ordre de doubler le salaire du Page. Comme il ne recevait aucun salaire, cela lui fut de peu d'utilité, mais on considéra qu'il s'agissait d'une marque d'honneur qui fut dûment publiée par la gazette de la Cour.

Lorsque les trois jours furent passés, on célébra le mariage. Ce fut une cérémonie magnifique, et les époux marchèrent main dans la main sous un dais de velours cramoisi brodé de petites perles. Il y eut ensuite un banquet officiel qui dura cinq heures. Le Prince et la Princesse étaient assis au haut bout du salon d'Honneur, et ils burent dans une coupe de cristal transparent. Seuls les amants véritables pouvaient boire dans cette coupe, car si des lèvres menteuses la touchaient, elle devenait grise, terne et trouble.

« Leur amour est réciproque, voilà qui est clair, dit le petit Page, clair comme le cristal ! » et le Roi doubla son salaire pour la seconde fois. « Quel honneur ! » s'écrièrent les courtisans.

Le banquet devait être suivi d'un bal. Les époux devaient danser la Danse de la Rose, et le Roi avait promis de jouer de la flûte. Il en jouait fort mal, mais personne n'osait le lui dire car il était le Roi. En fait, il ne connaissait que deux airs et ne savait jamais précisément lequel il était en train de jouer ;

but it made no matter, for, whatever he did, everybody cried out, 'Charming! charming!'

The last item on the programme was a grand display of fireworks, to be let off exactly at midnight. The little Princess had never seen a firework in her life, so the King had given orders that the Royal Pyrotechnist should be in attendance on the day of her marriage.

'What are fireworks like?' she had asked the Prince, one morning, as she was walking on the terrace.

'They are like the Aurora Borealis,' said the King, who always answered questions that were addressed to other people, 'only much more natural. I prefer them to stars myself, as you always know when they are going to appear, and they are as delightful as my own flute-playing. You must certainly see them.'

So at the end of the King's garden a great stand had been set up, and as soon as the Royal Pyrotechnist had put everything in its proper place, the fireworks began to talk to each other.

'The world is certainly very beautiful,' cried a little Squib. 'Just look at those yellow tulips. Why! if they were real crackers they could not be lovelier. I am very glad I have travelled. Travel improves the mind wonderfully, and does away with all one's prejudices.'

'The King's garden is not the world, you foolish squib,' said a big Roman Candle; 'the world is an enormous place, and it would take you three days to see it thoroughly.'

cela n'avait pas la moindre importance puisqu'à tout ce qu'il faisait chacun s'écriait « Charmant ! Charmant ! »

Le dernier numéro du programme était un somptueux feu d'artifice qui devait être tiré à minuit précis. La petite Princesse n'avait jamais vu de feu d'artifice de sa vie, aussi le Roi avait-il veillé à ce que l'Artificier royal fût de service le jour du mariage.

« À quoi ressemblent des feux d'artifice ? avait-elle demandé au Prince un matin qu'elle se promenait sur la terrasse.

— On dirait l'Aurore boréale, avait répondu le Roi qui répondait toujours aux questions qu'on posait aux autres, mais en plus naturel. Pour moi je les préfère aux étoiles car on sait toujours à quel moment ils vont se produire, et ils sont jolis comme mes airs de flûte. Il faut absolument que vous en voyiez. »

On avait donc disposé une grande estrade au fond du jardin du Roi, et, dès que l'Artificier royal eut tout mis en ordre, les pièces d'artifice se mirent à causer.

« Dieu, que le monde est beau ! s'écria un petit Serpenteau. Regardez-moi ces tulipes jaunes. Peste ! De vrais marrons n'auraient pas plus de grâce. Je suis bien content d'avoir voyagé. Les voyages développent merveilleusement l'esprit et contribuent à nous débarrasser des préjugés que nous pouvons avoir.

— Bêta de Serpenteau, le jardin du Roi n'est pas le monde, dit une grosse Chandelle romaine, le monde est un endroit immense, et il te faudrait bien trois jours pour le voir à fond.

'Any place you love is the world to you,' exclaimed a pensive Catharine Wheel, who had been attached to an old deal box in early life, and prided herself on her broken heart; 'but love is not fashionable any more, the poets have killed it. They wrote so much about it that nobody believed them, and I am not surprised. True love suffers, and is silent. I remember myself once — But it is no matter now. Romance is a thing of the past.'

'Nonsense!' said the Roman Candle, 'Romance never dies. It is like the moon, and lives for ever. The bride and bridegroom, for instance, love each other very dearly. I heard all about them this morning from a brown-paper cartridge, who happened to be staying in the same drawer as myself, and knew the latest Court news.'

But the Catharine Wheel shook her head. 'Romance is dead, Romance is dead, Romance is dead,' she murmured. She was one of those people who think that, if you say the same thing over and over a great many times, it becomes true in the end.

Suddenly, a sharp, dry cough was heard, and they all looked round.

It came from a tall, supercilious-looking Rocket, who was tied to the end of a long stick. He always coughed before he made any observation, so as to attract attention.

— Le monde est où tu aimes, s'exclama une pensive Girandole qui, dans sa jeunesse, avait été attachée à un vieux morceau de bois blanc, et s'enorgueillissait d'avoir eu le cœur brisé ; mais l'amour n'est plus à la mode, les poètes l'ont tué. Ils ont tant écrit à son propos que personne ne les croit plus, ce qui n'est pas pour me surprendre. Le véritable amour souffre en silence. Je me souviens que moi-même, un jour... Mais qu'importe aujourd'hui. La Passion, c'est du passé.

— Absurdité ! dit la Chandelle romaine, la Passion ne meurt jamais. Elle est comme la lune qui vit à jamais. Prenez les mariés, ils s'aiment très tendrement. J'ai tout appris d'eux ce matin grâce à une cartouche de papier brun qui se trouvait partager mon tiroir. Elle connaissait toutes les nouvelles de la Cour. »

Mais la Girandole secoua la tête. « Elle est morte, la Passion, elle est morte, la Passion, elle est morte, la Passion », murmura-t-elle. Elle faisait partie de ces gens qui pensent qu'à force de répéter une chose elle finira par s'avérer.

Soudain on entendit une toux sèche et brusque, et chacun se retourna.

Le bruit provenait d'un grand pétard d'allure hautaine, qui était fixé à l'extrémité d'une longue baguette[1]. Il toussait toujours avant de faire une remarque, de façon à retenir l'attention.

---

1. On a préféré traduire *rocket* par « pétard » plutôt que par le traditionnel « fusée », car le personnage caricaturé ici doit être masculin.

'Ahem! ahem!' he said, and everybody listened except the poor Catharine Wheel, who was still shaking her head, and murmuring, 'Romance is dead.'

'Order! order!' cried out a Cracker. He was something of a politician, and had always taken a prominent part in the local elections, so he knew the proper Parliamentary expressions to use.

'Quite dead,' whispered the Catharine Wheel, and she went off to sleep.

As soon as there was perfect silence, the Rocket coughed a third time and began. He spoke with a very slow, distinct voice, as if he was dictating his memoirs, and always looked over the shoulder of the person to whom he was talking. In fact, he had a most distinguished manner.

'How fortunate it is for the King's son,' he remarked, 'that he is to be married on the very day on which I am to be let off. Really, if it had been arranged beforehand, it could not have turned out better for him; but Princes are always lucky.'

'Dear me!' said the little Squib, 'I thought it was quite the other way, and that we were to be let off in the Prince's honour.'

'It may be so with you,' he answered; 'indeed, I have no doubt that it is, but with me it is different. I am a very remarkable Rocket, and come of remarkable parents. My mother was the most celebrated Catharine Wheel of her day, and was renowned for her graceful dancing. When she made her great public appearance

« Hum ! hum ! » dit-il, et chacun de l'écouter sauf la malheureuse Girandole qui secouait toujours la tête en murmurant : « Elle est morte, la Passion. »

« À l'ordre ! à l'ordre ! » s'écria un Marron qui était quelque peu frotté de politique et, ayant toujours tenu un rôle éminent lors des élections locales, connaissait le vocabulaire parlementaire.

« Bien morte », murmura la Girandole avant de s'assoupir.

Dès que le silence fut parfait, le Pétard toussa pour la troisième fois et commença son discours. Il parlait à voix très lente et très nette, comme s'il dictait ses Mémoires, et ne manquait jamais de regarder par-dessus l'épaule de celui à qui il s'adressait. Au vrai, sa manière était des plus distinguées.

« Comme il est heureux pour le fils du Roi, remarqua-t-il, qu'il doive se marier précisément le jour où l'on doit me lancer. L'affaire aurait été arrangée d'avance qu'elle n'aurait pas pu mieux tourner pour lui ; mais les Princes ont tous les bonheurs.

— Juste Ciel, dit le petit Serpenteau, je croyais que c'était l'inverse et qu'on allait nous faire partir en l'honneur du Prince.

— Vous êtes peut-être dans ce cas, répondit-il, à vrai dire je n'en doute pas, mais en ce qui me concerne, les choses sont bien différentes. Je suis un très insigne pétard, fils de parents insignes. Ma mère était la plus célèbre Girandole de son époque, connue pour sa danse élégante. Lorsqu'elle donna sa grande représentation publique,

she spun round nineteen times before she went out, and each time that she did so she threw into the air seven pink stars. She was three feet and a half in diameter, and made of the very best gunpowder. My father was a Rocket like myself, and of French extraction. He flew so high that the people were afraid that he would never come down again. He did, though, for he was of a kindly disposition, and he made a most brilliant descent in a shower of golden rain. The newspapers wrote about his performance in very flattering terms. Indeed, the Court Gazette called him a triumph of Pylotechnic art.'

'Pyrotechnic, Pyrotechnic, you mean,' said a Bengal Light; 'I know it is Pyrotechnic, for I saw it written on my own canister.'

'Well, I said Pylotechnic,' answered the Rocket, in a severe tone of voice, and the Bengal Light felt so crushed that he began at once to bully the little squibs, in order to show that he was still a person of some importance.

'I was saying,' continued the Rocket, 'I was saying — What was I saying?'

'You were talking about yourself,' replied the Roman Candle.

'Of course; I knew I was discussing some interesting subject when I was so rudely interrupted.

elle tourna dix-neuf fois sur elle-même avant de s'éteindre. À chaque tour elle lança sept étoiles roses. Elle mesurait trois pieds et demi de diamètre, et était faite d'une poudre de toute première qualité. Comme moi, mon père était un pétard — d'origine française. Il vola si haut que les spectateurs eurent peur de ne jamais le voir redescendre. C'est ce qu'il fit, pourtant, car il était d'un naturel aimable, et sa descente, au milieu d'une averse d'or, fut des plus brillantes. Les journaux rendirent compte de ce tour de force dans les termes les plus flatteurs. La gazette de la Cour alla jusqu'à le qualifier de "triomphe de l'art pylotechnique".

— Pyrotechnique, vous voulez dire "pyrotechnique", dit un feu de Bengale. Je sais qu'on dit "pyrotechnique" parce que c'est écrit sur ma boîte.

— Il n'en demeure pas moins que j'ai dit "pylotechnique" », répondit le Pétard d'une voix sévère. Le Feu de Bengale se sentit tellement écrasé qu'il entreprit incontinent de gourmander les petits serpenteaux pour leur montrer qu'il n'en restait pas moins un personnage de quelque importance.

« Je disais donc, continua le Pétard, je disais... Qu'est-ce que je disais ?

— Vous parliez de vous, répondit la Chandelle romaine.

— Évidemment ; je savais que je traitais d'un sujet fort intéressant quand j'ai été interrompu de la façon la plus grossière.

I hate rudeness and bad manners of every kind, for I am extremely sensitive. No one in the whole world is so sensitive as I am, I am quite sure of that.'

'What is a sensitive person?' said the Cracker to the Roman Candle.

'A person who, because he has corns himself, always treads on other people's toes,' answered the Roman Candle in a low whisper; and the Cracker nearly exploded with laughter.

'Pray, what are you laughing at?' inquired the Rocket; 'I am not laughing.'

'I am laughing because I am happy,' replied the Cracker.

'That is a very selfish reason,' said the Rocket angrily. 'What right have you to be happy? You should be thinking about others. In fact, you should be thinking about me. I am always thinking about myself, and I expect everybody else to do the same. That is what is called sympathy. It is a beautiful virtue, and I possess it in a high degree. Suppose, for instance, anything happened to me tonight, what a misfortune that would be for every one! The Prince and Princess would never be happy again, their whole married life would be spoiled; and as for the King, I know he would not get over it. Really, when I begin to reflect on the importance of my position, I am almost moved to tears.'

'If you want to give pleasure to others,' cried the Roman Candle, 'you had better keep yourself dry.'

Je déteste la grossièreté et les mauvaises manières car je suis extrêmement sensible. Personne au monde n'est aussi sensible que moi, j'en suis sûr et certain.

— C'est quoi, un être sensible? demanda le Marron à la Chandelle romaine.

— Quelqu'un qui écrase constamment les pieds des autres sous prétexte qu'il a des cors », répondit la Chandelle romaine en murmurant très bas; le Marron faillit éclater de rire.

« Quelle est donc, dites-moi, la raison de cette hilarité? s'enquit le Pétard. Je ne ris pas, moi.

— Je ris parce que je suis heureux, répondit le Marron.

— Raison des plus égoïstes! s'écria le Pétard en colère. De quel droit êtes-vous heureux? Vous devriez penser aux autres. Au vrai, vous devriez penser à moi. Moi, je ne pense qu'à moi. Je m'attends que tout le monde fasse de même. C'est ce qu'on appelle le don de sympathie, une vertu sublime, et que je possède au plus haut degré. Supposez, par exemple, qu'il m'arrive quelque chose ce soir, quel malheur ce serait pour tout le monde! Le Prince et la Princesse ne connaîtraient plus jamais le bonheur, leur mariage serait irrémédiablement gâché; quant au Roi, je sais qu'il ne s'en remettrait jamais. Quand je commence à réfléchir à l'importance de ma position, je suis ému presque aux larmes.

— Si vous voulez faire plaisir aux spectateurs, s'écria la Chandelle romaine, vous avez intérêt à ne pas vous mouiller.

'Certainly,' exclaimed the Bengal Light, who was now in better spirits; 'that is only common sense.'

'Common sense, indeed!' said the Rocket indignantly; 'you forget that I am very uncommon, and very remarkable. Why, anybody can have common sense, provided that they have no imagination. But I have imagination, for I never think of things as they really are; I always think of them as being quite different. As for keeping myself dry, there is evidently no one here who can at all appreciate an emotional nature. Fortunately for myself, I don't care. The only thing that sustains one through life is the consciousness of the immense inferiority of everybody else, and this is a feeling that I have always cultivated. But none of you have any hearts. Here you are laughing and making merry just as if the Prince and Princess had not just been married.'

'Well, really,' exclaimed a small Fire-balloon, 'why not? It is a most joyful occasion, and when I soar up into the air I intend to tell the stars all about it. You will see them twinkle when I talk to them about the pretty bride.'

'Ah! what a trivial view of life!' said the Rocket; 'but it is only what I expected. There is nothing in you; you are hollow and empty. Why, perhaps the Prince and Princess may go to live in a country where there is a deep river,

— Pour sûr, s'exclama le Feu de Bengale qui était maintenant de meilleure humeur; c'est le sens commun à l'état pur.

— C'est bien cela, le sens commun! dit le Pétard, indigné; vous oubliez que je n'ai rien de commun, que je suis des plus insignes. Eh quoi! pourvu qu'il soit dépourvu d'imagination, le premier venu peut avoir le sens commun. Mais j'ai de l'imagination, moi, jamais je ne vois les choses simplement telles qu'elles sont; elles me semblent toujours fort différentes. Quant à votre conseil de "ne pas se mouiller", il est évident que personne ici n'est capable d'apprécier une nature émotive. Heureusement pour moi, je m'en moque. La seule chose qui nous soutienne à travers l'existence est la conscience de l'immense infériorité d'autrui, et c'est un sentiment que j'ai toujours cultivé. Mais il n'est pas un de vous qui ait du cœur. Vous êtes tous à rire et à vous esbaudir comme si le Prince et la Princesse ne venaient pas de se marier.

— Et pourquoi pas? s'exclama un petit ballon de feu. C'est une occasion des plus joyeuses, et lorsque je m'élèverai dans l'air j'entends bien tout raconter aux étoiles, et sans omettre aucun détail. Vous verrez comme elles scintilleront lorsque je leur parlerai de la jolie mariée.

— Dieu, la triviale conception de l'existence que voilà! dit le Pétard; mais je m'y attendais. Vous n'avez rien en vous que creux et vide. Eh quoi, le Prince et la Princesse iront peut-être habiter un pays où coule un fleuve profond;

and perhaps they may have one only son, a little fair-haired boy with violet eyes like the Prince himself; and perhaps some day he may go out to walk with his nurse; and perhaps the nurse may go to sleep under a great elder-tree; and perhaps the little boy may fall into the deep river and be drowned. What a terrible misfortune! Poor people, to lose their only son! It is really too dreadful! I shall never get over it.'

'But they have not lost their only son,' said the Roman Candle; 'no misfortune has happened to them at all.'

'I never said that they had,' replied the Rocket; 'I said that they might. If they had lost their only son there would be no use in saying anything more about the matter. I hate people who cry over spilt milk. But when I think that they might lose their only son, I certainly am very much affected.'

'You certainly are!' cried the Bengal Light. 'In fact, you are the most affected person I ever met.'

'You are the rudest person I ever met,' said the Rocket, 'and you cannot understand my friendship for the Prince.'

'Why, you don't even know him,' growled the Roman Candle.

'I never said I knew him,' answered the Rocket. 'I dare say that if I knew him I should not be his friend at all. It is a very dangerous thing to know one's friends.'

ils auront peut-être un fils unique, un petit garçon blond aux yeux aussi violets que ceux du Prince; peut-être le petit garçon ira-t-il un jour se promener avec sa bonne; peut-être la bonne s'endormirat-elle sous un grand sureau; et peut-être le petit garçon tombera-t-il dans le fleuve où il se noiera. Quel terrible malheur! Pauvres gens, perdre leur fils unique! C'est trop affreux! Jamais je ne m'en remettrai.

— Mais ils n'ont pas perdu leur fils unique, dit la Chandelle romaine; il ne leur est pas arrivé le moindre malheur.

— Je n'ai jamais soutenu que ce fût le cas, répliqua le Pétard; j'ai dit qu'il était possible qu'ils le perdent. S'ils avaient perdu leur fils, il ne nous servirait à rien de poursuivre cette discussion. Je déteste les gens qui pleurent sur le lait renversé. Mais à la pensée qu'ils pourraient perdre leur fils unique, je suis, n'en doutez point, fort affecté.

— Sans aucun doute! cria le Feu de Bengale. Jamais je n'ai rencontré pareille affectation.

— Ni moi pareille grossièreté, dit le Pétard. Vous êtes incapable de comprendre mon amitié pour le Prince.

— Mais vous ne le connaissez même pas, grommela la Chandelle romaine.

— Je n'ai jamais soutenu que ce fût le cas, répondit le Pétard. J'ose dire que si je le connaissais, je n'aurais aucune amitié pour lui. C'est un grand danger que de connaître ses amis.

'You had really better keep yourself dry,' said the Fire-balloon. 'That is the important thing.'

'Very important for you, I have no doubt,' answered the Rocket, 'but I shall weep if I choose;' and he actually burst into real tears, which flowed down his stick like rain-drops, and nearly drowned two little beetles, who were just thinking of setting up house together, and were looking for a nice dry spot to live in.

'He must have a truly romantic nature,' said the Catharine Wheel, 'for he weeps when there is nothing at all to weep about;' and she heaved a deep sigh, and thought about the deal box.

But the Roman Candle and the Bengal Light were quite indignant, and kept saying, 'Humbug! humbug!' at the top of their voices. They were extremely practical, and whenever they objected to anything they called it humbug.

Then the moon rose like a wonderful silver shield; and the stars began to shine, and a sound of music came from the palace.

The Prince and Princess were leading the dance. They danced so beautifully that the tall white lilies peeped in at the window and watched them, and the great red poppies nodded their heads and beat time.

Then ten o'clock struck, and then eleven, and then twelve, and at the last stroke of midnight every one came out on the terrace, and the King sent for the Royal Pyrotechnist.

— Vous devriez vraiment faire attention à ne pas vous mouiller, dit le Ballon de feu, c'est ça l'important.

— C'est sûrement très important pour vous, répondit le Pétard, mais je pleurerai, s'il me plaît » ; et il fondit sur-le-champ en larmes bien réelles, qui coulaient comme gouttes de pluie le long de sa baguette, noyant presque deux petits scarabées qui songeaient justement à se mettre en ménage et cherchaient un coin bien sec où s'installer.

« Pour pleurer quand il n'est nul sujet de pleurs, ce doit être un caractère authentiquement passionné », dit la Girandole ; et elle poussa un profond soupir en songeant au morceau de bois blanc.

La Chandelle romaine et le Feu de Bengale, quant à eux, étaient fort indignés. Du plus haut qu'ils pouvaient, ils ne cessaient de répéter : « Sornettes ! Sornettes ! » — d'esprit tout pratique, ils traitaient de sornettes tout ce qui les contrariait.

Là-dessus, la lune se leva comme un merveilleux écusson d'argent ; les étoiles se mirent à briller, et du palais s'échappa une musique.

Le Prince et la Princesse menaient le bal. Ils dansaient si magnifiquement que les grands lis blancs les lorgnaient par la fenêtre et que les immenses coquelicots rouges hochaient la tête en battant la mesure.

Dix heures sonnèrent, puis onze, puis minuit. Au dernier coup de minuit, chacun sortit sur la terrasse et le Roi appela l'Artificier royal.

'Let the fireworks begin,' said the King; and the Royal Pyrotechnist made a low bow, and marched down to the end of the garden. He had six attendants with him, each of whom carried a lighted torch at the end of a long pole.

It was certainly a magnificent display.

Whizz! Whizz! went the Catharine Wheel, as she spun round and round. Boom! Boom! went the Roman Candle. Then the Squibs danced all over the place, and the Bengal Lights made everything look scarlet. 'Good-bye,' cried the Fire-balloon, as he soared away dropping tiny blue sparks. Bang! Bang! answered the Crackers, who were enjoying themselves immensely. Every one was a great success except the Remarkable Rocket. He was so damp with crying that he could not go off at all. The best thing in him was the gunpowder, and that was so wet with tears that it was of no use. All his poor relations, to whom he would never speak, except with a sneer, shot up into the sky like wonderful golden flowers with blossoms of fire. Huzza! Huzza! cried the Court; and the little Princess laughed with pleasure.

'I suppose they are reserving me for some grand occasion,' said the Rocket; 'no doubt that is what it means,' and he looked more supercilious than ever.

The next day the workmen came to put everything tidy. 'This is evidently a deputation,' said the Rocket;

« Que le feu d'artifice commence », dit le Roi. L'Artificier royal s'inclina très bas et gagna majestueusement l'extrémité du jardin. Il était entouré de six assistants, chacun portant une torche allumée au sommet d'une longue perche.

C'était, à coup sûr, un admirable spectacle.

« Fzzz ! Fzzz ! » faisait la Girandole qui se tourna et retourna. « Boum ! Boum ! » faisait la Chandelle romaine. Les Serpenteaux dansaient par toute la place, et les Feux de Bengale répandaient sur tout leurs lueurs écarlates. « Au revoir », cria le Ballon de feu qui s'éleva en lançant de minuscules étincelles bleues. « Bang ! bang ! » répondirent les Marrons qui s'amusaient énormément. Tout le monde remporta un vif succès, sauf l'Insigne Pétard. À force d'avoir pleuré, il était tellement trempé qu'on ne réussit même pas à le faire partir. La poudre était ce qu'il avait en lui de meilleur, mais elle était si mouillée de larmes qu'elle en devenait inutilisable. Tous ses parents pauvres, auxquels il n'adressait jamais que des mots de mépris, s'élançaient dans le ciel comme de merveilleuses fleurs dorées aux pétales de feu. « Bravo ! Bravo ! » criait toute la Cour ; la petite Princesse riait de plaisir.

« On doit me garder en réserve pour quelque solennité, dit le Pétard. Voilà l'explication. Aucun doute là-dessus. » Jamais il n'avait eu l'air plus arrogant.

Le lendemain, les ouvriers vinrent tout remettre en ordre. « Ce sont évidemment des ambassadeurs, dit le Pétard.

'I will receive them with becoming dignity:' so he put his nose in the air, and began to frown severely as if he were thinking about some very important subject. But they took no notice of him at all till they were just going away. Then one of them caught sight of him. 'Hallo!' he cried, 'what a bad rocket!' and he threw him over the wall into the ditch.

'BAD Rocket? BAD Rocket?' he said, as he whirled through the air; 'impossible! GRAND Rocket, that is what the man said. BAD and GRAND sound very much the same, indeed they often are the same;' and he fell into the mud.

'It is not comfortable here,' he remarked, 'but no doubt it is some fashionable watering-place, and they have sent me away to recruit my health. My nerves are certainly very much shattered, and I require rest.'

Then a little Frog, with bright jewelled eyes, and a green mottled coat, swam up to him.

'A new arrival, I see!' said the Frog. 'Well, after all there is nothing like mud. Give me rainy weather and a ditch, and I am quite happy. Do you think it will be a wet afternoon? I am sure I hope so, but the sky is quite blue and cloudless. What a pity!'

'Ahem! ahem!' said the Rocket, and he began to cough.

Je vais les recevoir avec la dignité qui convient » ; il mit donc le nez au vent et entreprit de froncer les sourcils d'un air sévère, comme s'il pensait à quelque sujet de la plus haute importance. Mais ils ne prêtèrent aucune attention au Pétard jusqu'au moment où, alors qu'ils étaient sur le point de partir, l'un d'entre eux l'avisa. « Tiens ! s'écriat-il, le méchant pétard ! » et il le jeta dans le fossé qui se trouvait derrière le mur.

« MÉCHANT Pétard ? MÉCHANT Pétard ? répétat-il en fendant l'air ; impossible ! Non, cet homme a dit IMPORTANT Pétard. MÉCHANT, IMPORTANT, cela sonne tout pareil — c'est même souvent la même chose » ; et il tomba dans la boue.

« L'endroit n'est pas bien confortable, remarqua-t-il, mais il s'agit sans doute de quelque station balnéaire à la mode où l'on m'envoie restaurer ma santé. Mes nerfs sont à coup sûr fort ébranlés, et j'ai besoin de repos. »

Sur ces entrefaites, une petite grenouille dont les yeux avaient l'éclat des pierres précieuses, et qui portait un manteau vert moucheté, nagea jusqu'à lui.

« Un nouveau venu, à ce que je vois ! dit la Grenouille. Ah, la boue a décidément quelque chose d'incomparable. Donnez-moi de la pluie, un fossé, et je suis ravie. Croyez-vous qu'il pleuvra cet aprèsmidi ? J'en suis persuadée, je l'espère, et pourtant le ciel paraît tout bleu et dégagé. Comme c'est dommage !

— Hum ! hum ! dit le Pétard qui se mit à tousser.

'What a delightful voice you have!' cried the Frog. 'Really it is quite like a croak, and croaking is of course the most musical sound in the world. You will hear our glee-club this evening. We sit in the old duck-pond close by the farmer's house, and as soon as the moon rises we begin. It is so entrancing that everybody lies awake to listen to us. In fact, it was only yesterday that I heard the farmer's wife say to her mother that she could not get a wink of sleep at night on account of us. It is most gratifying to find oneself so popular.'

'Ahem! ahem!' said the Rocket angrily. He was very much annoyed that he could not get a word in.

'A delightful voice, certainly,' continued the Frog; 'I hope you will come over to the duck-pond. I am off to look for my daughters. I have six beautiful daughters, and I am so afraid the Pike may meet them. He is a perfect monster, and would have no hesitation in breakfasting off them. Well, good-bye: I have enjoyed our conversation very much, I assure you.'

'Conversation, indeed!' said the Rocket. 'You have talked the whole time yourself. That is not conversation.'

'Somebody must listen,' answered the Frog, 'and I like to do all the talking myself. It saves time, and prevents arguments.'

'But I like arguments,' said the Rocket.

— Quelle voix magnifique vous avez ! s'écria la Grenouille. On dirait un authentique coassement, je vous assure, et, bien entendu, rien au monde n'égale la musicalité du coassement. Ce soir vous entendrez notre chorale. Nous nous installons dans la vieille mare aux canards, près de la maison du Fermier, et nous commençons dès que la lune se lève. C'est un tel enchantement que tout le monde reste éveillé pour nous écouter. Pas plus tard qu'hier j'ai entendu la femme du Fermier dire à sa mère qu'à cause de nous elle n'avait pas pu fermer l'œil de la nuit. C'est une belle satisfaction que de découvrir pareille popularité.

— Hum ! hum ! » fit le Pétard en bougonnant. Il était fort contrarié de ne pas arriver à placer un mot.

« Une voix magnifique, ça oui, reprit la Grenouille ; j'espère que vous nous rejoindrez dans la mare aux canards. Je m'en vais chercher mes filles. J'ai six filles splendides et j'ai grand-peur que le Brochet les rencontre. C'est un véritable monstre qui n'aurait aucun scrupule à en faire son petit déjeuner. Eh bien, au revoir : croyez-moi, j'ai pris grand plaisir à notre conversation.

— La belle conversation que voilà ! dit le Pétard. Vous n'avez pas cessé de parler. Ce n'est pas une conversation.

— Il faut bien que quelqu'un écoute, répondit la Grenouille, et j'aime que ce soit moi qui parle. Pas de temps perdu, pas de discussion.

— Mais j'aime à discuter, moi, dit le Pétard.

'I hope not,' said the Frog complacently. 'Arguments are extremely vulgar, for everybody in good society holds exactly the same opinions. Good-bye a second time; I see my daughters in the distance;' and the little Frog swam away.

'You are a very irritating person,' said the Rocket, 'and very ill-bred. I hate people who talk about themselves, as you do, when one wants to talk about oneself, as I do. It is what I call selfishness, and selfishness is a most detestable thing, especially to any one of my temperament, for I am well known for my sympathetic nature. In fact, you should take example by me, you could not possibly have a better model. Now that you have the chance you had better avail yourself of it, for I am going back to Court almost immediately. I am a great favourite at Court; in fact, the Prince and Princess were married yesterday in my honour. Of course you know nothing of these matters, for you are a provincial.'

'There is no good talking to him,' said a Dragonfly, who was sitting on the top of a large brown bulrush; 'no good at all, for he has gone away.'

'Well, that is his loss, not mine,' answered the Rocket. 'I am not going to stop talking to him merely because he pays no attention. I like hearing myself talk. It is one of my greatest pleasures. I often have long conversations all by myself,

— J'espère que ce n'est pas vrai, dit la Grenouille en se rengorgeant. Les discussions sont du dernier vulgaire puisque dans la bonne société tout le monde pense exactement la même chose. Je vous souhaite à nouveau le bonjour ; j'aperçois mes filles au loin » ; et la petite Grenouille partit à la nage.

« Vous êtes une personne fort irritante, dit le Pétard, et des plus mal élevées. Je déteste ces gens qui ne parlent que d'eux-mêmes alors que, comme moi, tout le monde veut parler de soi. C'est ce que j'appelle de l'égoïsme, et l'égoïsme est haïssable, surtout pour quelqu'un de mon tempérament — on sait que je suis naturellement porté à la sympathie. Au fond, vous devriez prendre exemple sur moi — où trouver meilleur modèle ? Vous feriez bien de profiter de l'occasion, car dans quelques instants je m'en retourne à la Cour où l'on me tient en haute estime. Pas plus tard qu'hier, le Prince et la Princesse ont d'ailleurs célébré leur mariage en mon honneur. La provinciale que vous êtes ne sait évidemment rien de tout cela.

— Rien ne sert de lui parler, dit une libellule qui était perchée sur la cime d'un grand roseau brun, rien de rien. Elle est partie.

— Eh bien, tant pis pour elle, répondit le Pétard. Je ne vais pas cesser de lui parler pour la seule raison qu'elle ne me prête pas attention. J'aime à m'entendre parler. C'est un de mes plus grands plaisirs. Il m'arrive souvent d'avoir de grandes conversations à part moi,

and I am so clever that sometimes I don't understand a single word of what I am saying.'

'Then you should certainly lecture on Philosophy,' said the Dragon-fly; and he spread a pair of lovely gauze wings and soared away into the sky.

'How very silly of him not to stay here!' said the Rocket. 'I am sure that he has not often got such a chance of improving his mind. However, I don't care a bit. Genius like mine is sure to be appreciated some day;' and he sank down a little deeper into the mud.

After some time a large White Duck swam up to him. She had yellow legs, and webbed feet, and was considered a great beauty on account of her waddle.

'Quack, quack, quack,' she said. 'What a curious shape you are! May I ask were you born like that, or is it the result of an accident?'

'It is quite evident that you have always lived in the country,' answered the Rocket, 'otherwise you would know who I am. However, I excuse your ignorance. It would be unfair to expect other people to be as remarkable as oneself. You will no doubt be surprised to hear that I can fly up into the sky, and come down in a shower of golden rain.'

'I don't think much of that,' said the Duck, 'as I cannot see what use it is to any one.

et je suis d'une telle intelligence que parfois je ne comprends pas un mot de ce que je dis.

— Dans ce cas vous devriez donner des cours de philosophie », dit la Libellule qui déploya une paire de ravissantes ailes de gaze et s'éleva dans le ciel.

« Quelle fieffée sottise elle commet en ne restant pas ici ! dit le Pétard. Je suis sûr qu'elle ne rencontre pas souvent pareille occasion de se perfectionner l'esprit. De toute façon, je m'en moque complètement. Un génie comme le mien est sûr d'être reconnu un jour » ; et il s'enfonça un peu plus dans la boue.

Au bout d'un moment, une grande cane blanche s'approcha de lui à la nage. Elle avait les pattes jaunes et les pieds palmés. La façon qu'elle avait de se dandiner la faisait considérer comme une grande beauté.

« Coin-coin-coin, fit-elle. Quelle drôle de forme vous avez ! Puis-je vous demander si vous êtes né comme cela ou si c'est la conséquence d'un accident ?

— Vous n'avez, de toute évidence, jamais quitté la campagne, répondit le Pétard, sinon vous sauriez qui je suis. Mais je pardonne à votre ignorance. Il y aurait de l'injustice à attendre des autres qu'ils fussent aussi remarquables qu'on l'est soi-même. Vous serez surprise, à n'en pas douter, quand vous apprendrez que je peux fendre l'air et retomber au milieu d'une pluie de gouttes d'or.

— Je n'en suis guère impressionnée, dit la Cane, car je ne vois pas à qui cela pourrait servir.

Now, if you could plough the fields like the ox, or draw a cart like the horse, or look after the sheep like the collie-dog, that would be something.'

'My good creature,' cried the Rocket in a very haughty tone of voice, 'I see that you belong to the lower orders. A person of my position is never useful. We have certain accomplishments, and that is more than sufficient. I have no sympathy myself with industry of any kind, least of all with such industries as you seem to recommend. Indeed, I have always been of opinion that hard work is simply the refuge of people who have nothing whatever to do.'

'Well, well,' said the Duck, who was of a very peaceable disposition, and never quarrelled with any one, 'everybody has different tastes. I hope, at any rate, that you are going to take up your residence here.'

'Oh! dear no,' cried the Rocket. 'I am merely a visitor, a distinguished visitor. The fact is that I find this place rather tedious. There is neither society here, nor solitude. In fact, it is essentially suburban. I shall probably go back to Court, for I know that I am destined to make a sensation in the world.'

'I had thoughts of entering public life once myself,' remarked the Duck; 'there are so many things that need reforming. Indeed, I took the chair at a meeting some time ago, and we passed resolutions condemning everything that we did not like. However, they did not seem to have much effect.

Si vous étiez capable de labourer les champs, comme le bœuf, de tirer une charrette, comme le cheval, ou de veiller sur les moutons, comme le chien de berger, ce serait tout autre chose.

— Ma bonne dame, s'écria le Pétard du ton le plus dédaigneux, je comprends que vous êtes de l'extraction la plus basse. Une personne de ma condition n'est jamais d'aucune utilité. Nous possédons certains talents, et c'est plus que suffisant. Pour moi, je n'ai de sympathie pour aucune forme d'industrie, et surtout pas pour les industries que vous paraissez recommander. Au vrai, j'ai toujours pensé que se donner de la peine n'est qu'une échappatoire pour les gens qui n'ont rien à faire.

— Eh bien, eh bien, dit la Cane qui était d'un naturel des plus pacifiques et ne se querellait avec personne, à chacun ses goûts. J'espère qu'en tout état de cause vous allez vous établir ici.

— Grand Dieu non ! s'écria le Pétard. Je ne suis qu'un hôte de passage, un visiteur de marque. À dire vrai je trouve qu'on s'ennuie fort en ce lieu. On n'y trouve ni société ni solitude. Au fond c'est la banlieue dans toute sa splendeur. Je vais probablement retourner à la Cour, car je sais que je suis destiné à faire sensation dans le monde.

— Moi aussi j'ai eu l'idée d'entrer dans la vie publique, remarqua la Cane ; il y a tant de choses à réformer. Naguère j'ai même présidé une réunion au cours de laquelle nous avons voté des résolutions condamnant tout ce qui nous déplaisait. Mais il ne semble pas que cela ait eu beaucoup d'effet.

Now I go in for domesticity, and look after my family.'

'I am made for public life,' said the Rocket, 'and so are all my relations, even the humblest of them. Whenever we appear we excite great attention. I have not actually appeared myself, but when I do so it will be a magnificent sight. As for domesticity, it ages one rapidly, and distracts one's mind from higher things.'

'Ah! the higher things of life, how fine they are!' said the Duck; 'and that reminds me how hungry I feel:' and she swam away down the stream, saying, 'Quack, quack, quack.'

'Come back! come back!' screamed the Rocket, 'I have a great deal to say to you;' but the Duck paid no attention to him. 'I am glad that she has gone,' he said to himself, 'she has a decidedly middle-class mind;' and he sank a little deeper still into the mud, and began to think about the loneliness of genius, when suddenly two little boys in white smocks came running down the bank, with a kettle and some faggots.

'This must be the deputation,' said the Rocket, and he tried to look very dignified.

'Hallo!' cried one of the boys, 'look at this old stick! I wonder how it came here;' and he picked the Rocket out of the ditch.

'OLD Stick!' said the Rocket, 'impossible! GOLD Stick, that is what he said. Gold Stick is very complimentary. In fact, he mistakes me for one of the Court dignitaries!'

Dorénavant je m'occupe de mon intérieur et je veille sur ma famille.

— Je suis fait pour la vie publique, dit le Pétard, comme tous mes parents y compris les plus humbles. Chaque fois que nous paraissons nous suscitons l'intérêt le plus vif. Je n'ai pas encore paru moi-même, mais quand je le ferai ce sera un spectacle splendide. Quant à s'occuper de son intérieur, cela vous vieillit prématurément et vous empêche d'élever votre esprit.

— Ah, les choses sublimes de la vie, comme elles sont belles ! dit la Cane ; cela me rappelle que j'ai grand-faim. » Et elle descendit le courant en répétant : « Coin-coin-coin. »

« Revenez ! Revenez ! s'époumona le Pétard. J'ai beaucoup de choses à vous dire. » Mais la Cane ne lui prêtait pas la moindre attention. « Je suis content qu'elle soit partie, se dit-il. Elle a décidément l'esprit bourgeois » ; il s'enfonça un peu plus dans la boue et s'était mis à songer à la solitude du génie quand deux petits garçons en blouse blanche dévalèrent soudain le long de la berge. Ils portaient une bouilloire et des fagots.

« Ce doit être l'ambassade », dit le Pétard, et il tenta de prendre un air bien digne.

« Tiens ! s'écria l'un des garçons, regarde-moi ce vieux bâton ! Je me demande comment il est arrivé jusqu'ici » ; et il tira le Pétard du fossé.

« Vieux bâton ! dit le Pétard, impossible ! Bâton de maréchal, voilà ce qu'il a dit. Un bâton de maréchal, rien n'est plus honorable. Il me prend pour un dignitaire de la Cour. »

'Let us put it into the fire!' said the other boy, 'it will help to boil the kettle.'

So they piled the faggots together, and put the Rocket on top, and lit the fire.

'This is magnificent,' cried the Rocket, 'they are going to let me off in broad daylight, so that every one can see me.'

'We will go to sleep now,' they said, 'and when we wake up the kettle will be boiled;' and they lay down on the grass, and shut their eyes.

The Rocket was very damp, so he took a long time to burn. At last, however, the fire caught him.

'Now I am going off!' he cried, and he made himself very stiff and straight. 'I know I shall go much higher than the stars, much higher than the moon, much higher than the sun. In fact, I shall go so high that —'

Fizz! Fizz! Fizz! and he went straight up into the air.

'Delightful!' he cried, 'I shall go on like this for ever. What a success I am!'

But nobody saw him.

Then he began to feel a curious tingling sensation all over him.

'Now I am going to explode,' he cried. 'I shall set the whole world on fire, and make such a noise, that nobody will talk about anything else for a whole year.' And he certainly did explode. Bang! Bang! Bang! went the gunpowder. There was no doubt about it.

But nobody heard him, not even the two little boys, for they were sound asleep.

« Jetons-le dans le feu, il aidera l'eau à bouillir. »

Ils firent donc une pile des fagots, installèrent le Pétard au sommet et allumèrent le feu.

« C'est magnifique, s'écria le Pétard, ils vont me faire partir en plein jour pour que tout le monde puisse me voir. »

« Allons dormir à présent, dirent les garçons. Quand nous nous réveillerons l'eau aura bouilli. » Ils se couchèrent dans l'herbe et fermèrent les yeux.

Le Pétard était si mouillé qu'il mit très longtemps à s'allumer. Finalement, le feu l'atteignit.

« Ça y est, je vais partir ! s'écria-t-il, et il se raidit du plus qu'il put. Je sais que je vais aller bien plus haut que les étoiles, bien plus haut que la lune, bien plus haut que le soleil. Oui, je vais aller plus haut que... »

Fzz ! Fzz ! Fzz ! et il s'éleva tout droit en l'air.

« C'est épatant ! s'écria-t-il. Je vais continuer comme cela à jamais. Quel succès ! »

Mais personne ne le vit.

Puis il commença d'éprouver une curieuse démangeaison par tout le corps.

« Ça y est, je vais éclater, s'écria-t-il. Je vais bouter le feu au monde entier et faire un tel vacarme qu'on ne parlera de rien d'autre pendant toute une année. » Et il éclata. Bang ! Bang ! Bang ! fit la poudre. Aucun doute là-dessus.

Mais personne ne l'entendit, pas même les deux petits garçons qui dormaient profondément.

Then all that was left of him was the stick, and this fell down on the back of a Goose who was taking a walk by the side of the ditch.

'Good heavens!' cried the Goose. 'It is going to rain sticks;' and she rushed into the water.

'I knew I should create a great sensation,' gasped the Rocket, and he went out.

Il ne resta de lui que la baguette, laquelle tomba sur le dos d'une oie qui se promenait au bord du fossé.

« Juste ciel ! s'écria l'Oie. Voilà qu'il se met à pleuvoir des bâtons » ; et elle se précipita dans l'eau.

« Je savais bien que j'allais faire sensation », haleta le Pétard avant de s'éteindre.

DU MÊME AUTEUR

Dans la collection Folio Bilingue

LE CRIME DE LORD ARTHUR SAVILE/LORD ARTHUR SAVILE'S CRIME. Traduction, préface et notes de François Dupuigrenet-Desroussilles (n° 42)

LE FANTÔME DES CANTERVILLE ET AUTRES CONTES/ THE CANTERVILLE GHOST AND OTHER SHORT FICTIONS. Traduction, préface et notes de François Dupui-grenet-Desroussilles (n° 73)

UNE MAISON DE GRENADES/A HOUSE OF POMEGRA-NATES. Traduction et notes de François Dupuigrenet-Desrous-silles (n° 126)

LE PORTRAIT DE MR. W. H./THE PORTRAIT OF MR. W. H. Traduction et notes de Jean Gattégno, préface de Julie Pujos (n° 91)

Dans la collection Folio

LE CRIME DE LORD ARTHUR SAVILE ET AUTRES CONTES (n° 674)

Dans la collection Folio 2 €

LE PORTRAIT DE MR. W. H. (n° 4920)

LA BALLADE DE LA GEÔLE DE READING, précédé de POÈMES (n° 4200)

Dans la collection Folioplus Classiques

LE FANTÔME DE CANTERVILLE (n° 22)

Dans la collection Folio Essais

DE PROFUNDIS, suivi de LETTRES SUR LA PRISON (n° 180)

Composition CM Graphic.
Impression CPI Bussière
à Saint-Amand (Cher), le 2 février 2010.
Dépôt légal : février 2010.
Numéro d'imprimeur : 100161/1.
ISBN 978-2-07-035776-5./Imprimé en France.

170737